U0143920

品生活

有房有饰

《品生活》编委会 编

杭州出版社

图书在版编目（CIP）数据

有房有饰/《品生活》编委会编. —杭州：杭州出版社，2010.1
（品生活）
ISBN 978-7-80758-296-0

Ⅰ.有… Ⅱ.品… Ⅲ.室内装饰—建筑设计 Ⅳ.TU238

中国版本图书馆CIP数据核字（2009）第204123号

品生活·有房有饰

《品生活》编委会　编

责任编辑　钱登科
美术编辑　祁睿一
出版发行　杭州出版社（杭州市曙光路133号）
电话：0571-87997719　邮编：310007
制　　版　杭州美虹电脑设计有限公司
印　　刷　杭州星晨印务有限公司
经　　销　新华书店
开　　本　880 mm×1230 mm　1/32
字　　数　151千
印　　张　6.25
版　　次　2010年1月第1版　2010年1月第1次印刷
书　　号　ISBN 978-7-80758-296-0
定　　价　25.00元

目录

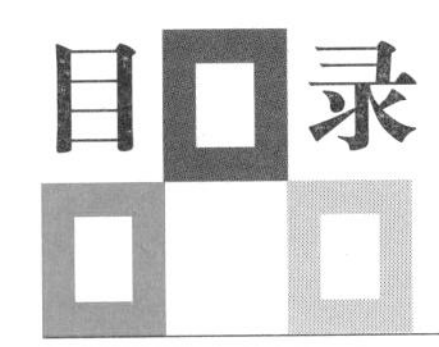

坐看云起
俯瞰江流

——浙江滨江建设有限公司

当千年古都杭州的发展，已从“西湖时代”、“运河时代”进入“钱江时代”的时候，我们的生活和事业将会发生怎样的变化？

如今的杭州，钱江新城已成为一块真正意义上的热土。未来几年中，这片紧倚汤汤钱塘江的土地上，将矗立起近百幢高楼，形成城市新中心和商务中心，从而成为杭州大都市的“心脏”。如今，杭州大剧院、世纪花园、11万平方米的森林公园等已在核心区内建成，活力初现，人气渐聚，而更大体量、更有气派、更加重要的幢幢高楼正在紧张建造中。无疑，对于塔吊如林的这片土地来说，一切才只是开头。

就在这片越来越显得寸土寸金的热土上，蓦然间出现了两处高雅、时尚、宜人的现代公寓群，不由得让人眼睛发亮：景江城市花园，为迎向东方的单身公寓和大户型全江景大宅，尽享SOHO生活尊荣；郡亭公寓，即观澜行政官邸，270度的一线全江景豪宅。在这条美丽的大江旁侧，在这个预示着未来辉煌的地方，坐看日升云起，感受江海呼吸，即使只获得一处沐风观景的小小席位，也是无上的荣光。两个楼盘相继竣工后，慕名者麇集于此，自在情理之中。

钱塘江畔这两处高档公寓，均由浙江滨江建设有限公司（以下简称滨江建设）精心打造。公司成立于1994年1月，是杭州市第一家，也是唯一一家在市区成片开发土地的外资房产公司，一度为杭州市投资最多、规模最大的中外合资房地产公司。它最先开发位于杭州市上城区滨江4号区块（东片）的461.2亩（约30.75万平方米）土地，规划批准的总建筑面积为103万平方米，总投资约为人民币20亿元。从1996年起，又挥师出击，逐步向浙江省内多个繁华县级市投资，相继在兰溪、余杭、海盐等县市建立当地规模最大、规格最高的房地产公司，承接当地城区中心区的旧城改造工程。从1998年开始，滨江建设又走出浙江，在苏州、福州等地投资成立多个房地产置业公司，致力于江苏、福建两省城市中心区的旧城改造项目。此后，滨江建设又连续进军上海、河北、安徽等地，先后启动上海徐家汇汇翠花园、河北石家庄市中心休闲地块改造、安徽马鞍山高档精品楼盘等项目，使公司的实力和影响力连年跨上

观澜公寓

景江城市花园

新台阶。

在很多杭州人心目中，滨江建设颇具亲切感，这是因为它在钱塘江北岸这片土地上，已经独立开发了滨江新苑、滨江家园、滨江新城等居住小区，并与省市其他公司合作开发了耀江福村、华龙坊、在水一方、文华苑等多个公寓和居住小区，已在杭城有了相当的声誉。在开发滨江4号区块的同时，滨江建设还完成了区块内道路的“七通一平”和幼儿园、小学、派出所、煤气站、农贸市场、电力开闭所、电信交接间等公用配套设施的建设，既显示了公司的实力，又展现了公司对社会高度负责的工作风格。经过15年的发展壮大，滨江建设已经形成了自己的整体优势和主攻方向。目前，公司主要致力于大型住宅、商住项目、城

滨江建设

市中心区域的旧城改造、步行街的建设等，并始终注重精益求精，力求以优美的环境、优秀的楼盘品质、完美的配套设施，不断塑造自己的品牌。公司秉承客户至上、专业至上的原则，以过硬的专业知识和热忱的服务态度，设计、制造、提供都市与绿化相结合，人与自然和谐共存，具有生态化、个性化、科技化和自然化特点的现代化精品生活社区，满足人们对完美居家的需要，以寻求更大的发展。

还是让我们细细打量景江城市花园和观澜行政官邸吧，尤其体味它们与众不同的妙处。

景江城市花园，与滨江建设先前开发的楼盘一样，也位于钱塘江北岸、西兴大桥（钱江三桥）的西南边，属滨江4号区块东南部的Ⅱ-13号组团，处于杭州市重点建设中的钱江新城的中心位置，地理位置极佳。景江城市花园占地面积18494平方米，总建筑面积约11.3万平方米，其中绿化率约为30%。由于此楼盘正面对着钱塘江和沿江的两条绿化带，旁边又有桥头公园，

其实际绿化面积还远超于楼盘的原先设计。景江城市花园整个楼盘由28层的1号楼和33层的2号楼以及裙楼商铺组成，其中建筑物东向为小户型精装修单身公寓，南向为全江景大户型住宅，如此精心布局，其目的无疑是为了让SOHO公寓和大户豪宅均能尊居钱塘江北岸第一排区位，直面近千米的美丽江面。在自然资源日益稀缺的今天，在高楼林立、楼盘密匝的钱塘江两岸，能够如愿地拥有开阔江景，坐看云起，俯瞰江流，踞高凌天，独享尊荣，这究竟意味着什么？

毋庸赘言，随着杭州钱江新城CBD中心的建成，正处这一区块内的景江城市花园将彻底融入这座未来之城。滨江建设的决策者是极富前瞻精神的，他们已经看到未来城市CBD的繁华盛景和浓厚的商务氛围，无数商务、金融、商业、文化企业入驻幢幢巨厦，缔造种种传奇。而众多高端住户也渴望把家安置在这里，扎下根来，创造人生辉煌。滨江建设的决策者从容把握这一地块的发展趋势，小户型精装修单身公寓和大户型住宅的巧妙搭配、完美融合，正是顺应这一需求，充分利用这一区块的综合优势的理念产物和智慧结晶。SOHO是“small office”和“home office”的缩写，意指小额投资、在家工作，起源于美国。办公室与居家合而为一、工作和生活不再分割的方法，最初主要是为了解决办公室庞大的租金问题以及员工的工作效率问题而提出来的；引入房地产开发行业后，主体含义为小型家庭办公室。在现代信息技术、通信技术、交通等高度发达的今天，SOHO一族越来越壮大，已成为大城市一道特有的时尚风景。景江城市花园的小户型精装修单身公寓是典型的SOHO办公公寓，完全根据SOHO的工作特点进行设计，具备居住、工作、度假三位一体的功能。与知名物业管理公司的亲密合作，使每一位业主都能获得

景江城市花园外观和大堂　　　　观澜行政官邸（郡亭公寓）

小区物品出入放行、来客拜访登记、午夜巡更、花园修剪、商业咨询等全方位的物业管理服务，而公寓的全面精装修又省却了SOHO一族的精力和烦恼，从而再一次提高了办公效率，加快了生活节奏。SOHO办公公寓均位于两幢高层公寓楼东侧部位，推窗见景，尽览东向繁华景致，由此便营造出一个真正属于创业者的舒适小天地。

细节永远是重要的。景江城市花园不满足于整体建筑的雄伟气势，更注重于细节的完美，推崇“细节完美才是真正的完美”的精品宗旨。如在SOHO办公公寓的户型设计上，精心规划了多种户型方案，39—55平方米的灵巧空间设计、开朗的户型加上紧凑的功能布局，使主人能根据自己的喜好和舒适要求，对开间尺度进行科学而自由的划分，加之采用了中空隔音降噪玻璃，营造出空间的通透感，有效化解传统建筑的空间局促性，实现对

SOHO的完美诠释；又如在建筑外观上，超时代感的“直角型创意”使整个建筑立面形成一种气度，凸现精神内涵，简洁明快的线条又使建筑本身的创新得以充分演绎，充满现代感的大面积落地窗设计又使室内空间的采光通风和景观性得以加强；再如景观规划和绿化布局方面，景江城市花园充分借用现有的江边绿化带、江水等绿色资源，以小区内聚性空间为点，江边共享绿化带为线，江面水系为面，来形成小区、绿色空间与江面水系点、线、面的完美结合，使自然绿色与人居空间相互渗透。而在绿化布局方面，除了打造空中花园精品，还在中心花园细心规划了林荫小道、花圃小品、纳凉小驿等精致景观，充分体现“人与自然、空间与自然”的和谐共存。

而紧贴景江城市花园的观澜行政官邸（郡亭公寓）是一处2007年开发的高档大宅，其建筑面积约5.7万平方米，其中公寓建筑面积约3万平方米，商务办公用房建筑面积约1.2万平方米，汽车泊位260个。观澜行政官邸同样位于钱江北岸钱江三桥（西兴大桥）旁的黄金地块，西靠衢江路，与景江城市花园隔街相望，南临之江中路，直面壮阔的钱塘江，毗邻杭州大剧院，更踞钱江新城中央商务区（CBD）的中心位置。观塘于钱江之上，如同置镜于江澜之中，如此诗性的意境，构筑出三幢梦幻般的高层楼宅：钱江、观塘、镜澜。三座楼阁于江畔那片晨雾中升腾，如婀娜迷人的仙子，又如伟岸俊朗的丈夫。为了打造绝对意义上的全江景尊贵官邸，滨江建设突破了传统公寓一成不变的格局，精心打造全享受级的景观户型，让每位住户都能与钱塘江进行“零距离”接触，并拥享百分百正南向的灿烂阳光。

日本著名建筑师伊东丰雄在谈到新公寓与绿色生态时说，20世纪的建筑是作为独立的机能体存在的，就像一部独立发挥功

小区环境优美，绿化良好

能的机器，几乎与自然脱离，不考虑与周围环境协调。但到了21世纪，人、建筑都需要与自然环境建立一种联系，不仅是节能的，还是生态的，能与社会相协调的。和景江城市花园的景观规划和绿化布局一样，高品质的观澜行政官邸在建筑和绿化的设置上，正是极尽体现“人与自然、空间与自然”这一宗旨。楼宅之外，沿江100米的绿化长廊点缀着四季变化的精彩，近在咫尺的11万平方米城市中央森林公园更是休憩的首选，公园森林每天所呼出的8000千克氧气，荡涤你的身心，使你变得透明轻盈。而与江面仅剩百米的亲近距离，举目可睹见烟波浩渺的江景，侧耳可聆听钱江涌潮的彪悍。住在这样充满灵性的楼宅里，每天的感觉该是多么的舒心雅致、荣耀尊贵……

更加诱人的内容还在后面。相依矗立的景江城市花园和观澜行政官邸地处钱江新城，由此便顺理成章地享有了钱江新城所有的市政配套设施，获得了生活、休闲、娱乐、文化等方面的至上便利。已经落成或即将落成的杭州大剧院、杭州国际会议中心、世纪花园、市民中心、森林公园等一大批重点公共设施自不待言；宽敞的城市道路四通八达，多条公交车可直抵公寓门口；大型商场、高档宾馆、众多商务楼、写字楼等提供生活和工作之便；而胜利小学、开元中学、崇文实验学校等杭城知名中小学校和多家优质幼儿园，又能解除你的后顾之忧，为你培育家庭未来的希望。令人眼热的是，即将开通的杭州两条地铁，都在景江城市花园和观澜行政官邸附近设站，这不仅意味着这两处高档楼盘的居住者都能成为杭州地铁最早的享受者，而且意味着这两处高档楼盘将成为近段时间和未来几年内最抢手的置业和投资目标，

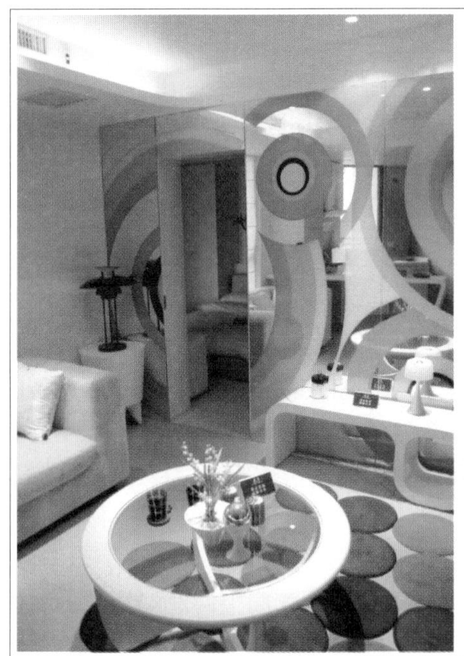

公寓内部采用精装修，硬朗大气

还意味着这两处高档楼盘的投资者已经大大获益。

“八月涛声吼地来，头高数丈触山回。须臾却入海门去，卷起沙堆似雪堆。”这是唐代著名诗人刘禹锡颂扬钱江大潮的名诗。景江，观澜，屹立于钱江北岸的城市豪宅，正用自己的语言诠释着时代的内涵，正用自己的声音应和着钱江的旋律！

周虞康，浙江滨江建设有限公司董事长。浙江滨江建设有限公司主要从事房地产开发。周虞康曾任教于南京师范大学和中国美术学院，现除了担任浙江滨江建设有限公司董事长以外，还担任着浙江聚能控股有限公司董事长，为当今浙商中的重要人物。

周虞康曾长期在教育界工作，深知教育的重要性，一向关注国内教育的发展。尽管他已转行经营企业，但在取得成功之后，周虞康决意为中国的教育事业尽自己的一份力量。多年来，他一直在计划并实施着两件事：一是资助贫困大学生完成学业，二是联合著名高校创办民营的“钥匙大学”。

早在1997年，周虞康就以其夫人的名义在南京师范大学设立了“冯茹儿奖学金”，目前其奖金总额已达500万元。如今，由周虞康发起的周氏教育基金会已在北京大学、清华大学、浙江大学、同济大学、上海交通大学、南京大学、中国科技大学等国内知名大学设立了“周虞康奖助学金”，各所高校每年的总资助额为35万元，资助当年50—70名本科新生，资助时间连续5年。显然，如此高额且长年的资助，在国内的民营企业家中是罕见的。除此之外，周虞康还向石家庄市教育局捐助200万元，对该市的四中路小学进行改造。这样的义举还有很多。正因为这些，“2008胡润慈善榜”把周虞康列为全国100位慈善家中的第42

位，在浙商中列第7位。要知道这一年，周虞康共向国内教育界捐助了5790万元！

之所以特意提及这些，是因为当我们细细体味滨江建设每一个成果，细细体味景江城市花园和观澜行政官邸这两处高档公寓的气度和品位时，我们深有感悟：一个只顾及个人奋斗与利益的人，一个没有雄心壮志和非凡胆魄的人，一个缺乏对生活热爱和对他人关爱的人，是不可能创造出这一番事业，不可能拥有如此辉煌成就的！

精美时尚的室内装修

“水是一座城市的眼睛，我们不仅看到了优雅的西湖，还有浩瀚的钱江，以至于无限的海洋。”印在观澜行政官邸精美楼书扉页上的这些文字，其实已是美丽的诗句。滨江建设，这个以两个三点水偏旁的文字命名的实力型房地产公司，不正是在这条闻名中外的滔滔钱江边，坐看云起，俯瞰江流，抒写最美丽动人的诗篇吗？

（撰文：孙　侃）

视野无限
境界玄达

——记张裕兴和他的中国“房产经纪第一楼”

中国“房产经纪第一楼”

“市中心稀缺独栋10层写字楼，前临省政府，左傍市政府，右依浙大西溪校区，后靠杭州高新区，办公场地宽大舒适，顶层带独立空中花园，可远眺保俶秀丽身姿，下观车流人群，坐看云卷云舒。空中花园内汇聚四方水土之灵气，四季果香飘逸，聚景园、云景阁、硕果园、云中小溪等景观，真正做到园中有景，景中含情，乃闹市中一出尘避世的绝佳去处。”

这是中国“房产经纪第一楼”的“房产信息”。作为裕兴集团拥有自主产权的办公大楼，这座位于杭州天目山路138号的独栋大楼，被绿色装扮得郁郁葱葱。远远望去，绿色藤蔓植物从屋顶攀援而下，大楼似乎戴了顶绿色的皇冠，和裕兴公司的绿色主调相得益彰。大楼顶层的云景园是所有裕兴人的骄傲，它是张裕兴董事长亲率公司同人用了五年时间打造出来的。应了那句“麻雀虽小，五脏俱全”，云景园内假山游鱼、盆景果树，就像一个微缩的江南园林，站在望俶小憩景点上极目远眺，天气好的日子能越过保俶塔直看到天际线去，人的心胸和视野自然开阔起来。张董喜欢每天早晨站在园内远眺一会儿，再高歌一曲为一天的工作提提神；平日里他常在云景阁内批阅文件、召集会议，公司许多重大决策都是在阁里作出的。员工们也经常在工作之余来到聚景园内观赏盆景，在硕果园品尝水果；有客人拜访时，也会先把客人迎到云景园内。可以说，云景园已成为裕兴企业文化的一部分，成为公司决策的“发源地”。

云景园的生机盎然、趣味实足，正说明这栋大楼所承载的是一个充满活力和创造性、对工作无比热情、视公司如家的优秀团队，而这些特质正是裕兴的当家人——张裕兴董事长十几年来的感悟积累所赋予裕兴的。当一个企业家把自己的特质融入到企业文化的内核中去时，这种高度的相融性所催生的化学作用是巨

意境出高处，视野满心怀：第一楼楼顶云景园六景之一的云景阁

大的，具体体现就是齐心协力的团队精神、令出必行的执行力、高度统一的归属感和对董事长的敬佩之情。

处世四字诀　真诚最重要

“张董是一个非常乐观、积极的人。我最敬佩他的‘真’。”核证管理中心执行总监周晓科如是说。

“张董非常会关心人。最敬佩他的执著。”天策担保公司业务经理程瑛作为公司最老的员工之一有着自己的见解。

“他是一个非常好的领头人，优秀的合作伙伴。最敬佩他的思维和思辨能力，他的思想可以被称为‘张裕兴思想’。”人

称“姚才子”的集团总裁助理姚天明提出了“张裕兴思想”的概念。

集团副总裁吴江屏则认为：“他是一个敢为人先、勇争第一的人。”

“他太有活力了。最敬佩他的执著。”张董身上的活力深深感染着总裁办主任助理钭卓珍。

“他是一个要求严格、态度和蔼的人。希望张董能注意身体！”裕兴金牌经纪人徐宁的话表达了普通员工对张董最好的祝愿。

集团执行总裁郑瑛则高度总结了张董身上的特质：“他是一个‘永动机’，富有创业者的激情；他非常善良，即使是竞争对手也会考虑到对方的利益和立场；同时他还有极强的思辨力，虽然学历不高，但他有极好的文字驾驭能力和思辨能力。这些让员工觉得他身上具有思想者的光辉。”

……

能获得员工一致称赞的企业家不多，每个员工都能从他身上发现不同魅力的企业家则少之又少。从管理层到员工，从那些满溢感情的评价中可以看出，张裕兴无论是作为裕兴公司的董事长还是作为一个普通人，都是极富个人魅力的。

有人说，企业家大致分为四种类型：感觉型企业家，擅长关注细节，甘于默默无闻，但不擅长统揽全局、预见未来；直觉型企业家，善于统揽全局、预见未来、大开大合，但不甘于默默无闻、不擅长关注细节；思维型企业家，类似于大学教授、专家学者，知识丰富、逻辑严密是他们的优势，但有知识的人往往缺乏胆识；情感型企业家，有胆有识，敢于冒险、善于冒险，但有时缺乏理性思维，做事凭感觉。在张董身上，你却能同时发现这

董事长张裕兴笑迎天下盟友

四种特质：关心员工无微不至、统领全局大胆放权、学历不高思辨极强、中年下海目标远大。这恐怕也与他一生曲折传奇的经历有关：农民的经历给予他质朴的品格，使他一心扑在工作上，不迷恋任何爱好；军人的生涯带给他坚毅的性格，使他在碰到困难时坚持、执著；20年新闻工作者的生活带来的是他洞悉市场的敏锐……

张裕兴的人生哲学是从自己多年的摸爬滚打中历练出来的，是他一生的写照，具体可以概括为“放（放弃）、策（办法）、独（个性）、真（真实）”四个字，其中“真”是他魅力的根源所在，也正是因为“真”，才会有这么多优秀的人才和他一起打拼，才开创了裕兴的今天。

放：舍得放弃天地宽

这个“放”在张董的哲学里含义很明确，就是放弃。放弃，可以说是张裕兴人生历程中最根本的原则之一。因为在他看来，“放弃比获得需要更大的勇气和智慧”。这个世界上到处都有财富，因此获得是比较容易的，但放弃就没这么容易了。面对几次重大的人生转折，他最自豪的不是得到了多少，而是那一次次的勇于放弃。因为正是那些放弃，让他找到了自己满腔热爱的事业和志同道合的伙伴。

16岁时，张裕兴放弃乡亲去当兵，一个半大的孩子，在最需要获取知识的时候要放弃求知、放弃父母的关爱、放弃自由，但他只有一个信念：再也不要当农民，“跳出农门万丈高”，所以毅然离开家乡奔赴军旅。在此后几十年间，张裕兴在人生关键时刻至少有10多次放弃，最重要的就是45岁时放弃“金饭碗”下海经商，因为当时很多人都说他是“点子公司总经理”，以前都是自己出点子为别人赚钱，现在为什么不用点子为自己闯出一片天地呢？创办裕兴10余年来，正因为张裕兴放弃了舒适的生活、亲情、友情、健康等很多东西，才有了现在的“房产经纪第一楼”：在事业转折点上面临选择，放弃许多好点子，因为对公司来说，只有一个目标、一个办法，有很多目标、很多办法那就是没有目标、没有办法，所以一直没有在决策上产生过重大失误；放弃了亲情友情，使他跳出中国民营企业家很难跳出的任人唯亲、家族式管理的桎梏，公司中层以上干部几乎没有他的一个亲戚，所以才有了非常稳定的管理层和非常齐心的团队；放弃了舒适的生活、健康，视工作为生命，才有了裕兴的成就。

张董放弃“金饭碗”创立起来的裕兴房产，当初只是杭州一家很不起眼的小中介，10年后已经“千家连锁、绿满神州”

关于放弃，张董还有一件令他刻骨铭心的往事：他的一位恩师，当年也处于公司高层，但由于用人不慎、任人唯亲，给公司带来了很大的负面影响，一面是最敬重的老师，一面是企业的发展，他经历痛苦抉择后终于决定舍弃师生情。并由此赢得了员工的心，赢得了裕兴更大的兴盛。

在张裕兴眼中，学会放弃，是一个人成熟的标志，放一步，海阔天空。

策：注重办法“轻”生产

这里的“轻”，并不是轻视生产、轻视业务，而是张董管理员工的一种方式，即董事长逐步脱身于具体业务，着重抓企业的思想文化培育。现在很多企业非常注重对员工的信仰培养，要培养员工忠于企业的信仰；温家宝总理也说：“信心比黄金和货币更重要。”但在张裕兴的管理哲学中，信仰是第二位的，办法才是第一位的，没有一个企业家是只靠信仰就成功的；信心很重要，但很多时候态度并不能决定一切，因为态度是由人的主观决定的，但最终决定成败的还是你的办法和决策。

关于办法比信仰和态度更重要，张董喜欢用两个非常妙的比喻来进行阐述：其一是《西游记》，很多人把企业的董事长比

喻为唐僧，认为只要有信仰，并把取经的信仰灌输给团队，然后把队伍带好就行，但他们都忽视了一点，悟空他们在保护唐僧的过程中，经常要借助上天（神和菩萨）的作用，而菩萨等代表的恰恰是取经团队所没有的法术、办法，所以如果没有法术、办法，信仰再大也没用。其二是打牌的例子，一个人喜欢打牌但技术不好，虽然决心很大，一天、两天、三天哪怕输都会去，但时间一长，老是输的话，你很可能就会对自己的牌技失去信心，别人再叫估计也不想去了；相反，如果对别人来说是一手烂牌，你却也能打得很好，那么赢牌就是对你的个人价值、个人能力的肯定。企业也是如此，别人出不好的牌你出得好，才能在市场竞争中站稳脚跟，赢得别人的尊重与合作。

别的公司的董事长都在研究业务，张裕兴却一直在研究人的脑子。他经常在说的一句话就是“做生意其实很简单，要想把别人的票子放进自己的袋子，就要把自己的点子放进别人的脑子”。这点子就是企业的思想和文化，一个董事长只有管好意识形态，用思想把员工集合起来，用思想来拓展业务，才能屡屡在危机时刻转危为安，这也正是裕兴往往能在市场形势最不利的时候得到发展的关键。2008年，杭州有超过40%的中介公司关门倒闭，裕兴却在这一年增设了40多家门店。

独：被说另类反喜欢

在张裕兴初进入房地产中介行业时，被同行说成是另类，开始觉得非常不舒服，但听着听着他觉得听起来舒服了，再听更觉得喜欢被称为另类了。在他的人生哲学里，泯然众生是庸才，另类其实是对他的一种赞赏，一种欣赏。

另类之一：人生难得无遗憾

不久前张董在马来西亚参加培训时，一次课堂作业是给自己的父母写一封信，说出最想说的话。张董在信里和父母最想说的话是“我现在最大的幸福是一生一世没有留下一丝遗憾”，一方面是对现在的事业和生活非常的满足，另一方面是从来没有放松过一分一秒，一直都非常努力。这是多么独特的心态和性格！一个人过这一生，即使再成功也会多少留有遗憾，甚至有人会说“留有遗憾的人生才是完美的”，但张裕兴不这么看，只要努力去做想做的事，即使没有成功也绝对不会遗憾，这也许正是他生活的原动力。

另类之二：疯狂工作轻生死

张裕兴对工作的热情近乎疯狂，其中最令老员工记忆深刻的有两件事：一次是他发烧到41℃还坚持工作；另一次是他母亲刚过世，由于公司正处于落实店长责任制的关键时刻，于是他只能在母亲的灵堂楼上设会议室，楼下在办丧事，自己却在楼上与公司高层开会紧急磋商。为了企业，他第一次做了“不孝子”。

张裕兴个人对生老病死也看得比较透彻。虽然因为经常熬夜、三餐不准等诸多原因，他被检查出患了糖尿病，但在他看来，得糖尿病“真是太好了”，正因为有了这病，他才不得不重视自己的健康，注意多做运动，少吃少生气。一种疾病到了张裕兴眼中，被称作是上天赐予他的“健康卫士”，这种乐观精神也激励着企业的每个员工。

另类之三：不求世人皆懂我

张董的为人处世有一个标准，不需要人人都能明白我，但

懂我的人肯定是和我志同道合的。甚至在接受媒体专访时，他也时常叮嘱记者，对裕兴的报道不需要做到人人都喜欢、都爱读，哪怕只有3%—5%的人愿读、喜欢读都没有关系，因为或许正是这些人懂得裕兴，懂得他的思想理念。“真理往往在个别人手中，你信吗？实践反复这样告诉我！”

张裕兴的不少作为在常人眼里或许可以称为“另类”，但这种另类并不是游离于社会的特立独行，而是他独特而富有魅力的个性。一个企业家的个性鲜活，那么企业也必将充满个性和活力。

真：真诚真心只为爱

员工们对张董的评价，可以看出充满着感情，正是因为张裕兴能真诚待人，才能得到员工的真诚拥护。张董自己对“真”下了两层定义：一是要有爱心，二是要尊重别人。

“怎么做事？做事先做人。怎么做人？做人很简单，做人就要有爱心。”张裕兴对爱心的这份感悟，还是他在与女儿一起看《人与自然》时偶得的。在女儿五六岁的时候，两人达成了看电视的“君子协定”：在不看动画和新闻的时候就看《人与自然》。这一看就是十几年。渐渐地，张裕兴从动物中看出了人性，与动物相同的是人也会为地盘、为食、为情互相争斗，但是人与动物最大的不同在于，人非常善良，充满了爱心，人只有拥有了爱心才能成事。张董有句顺口溜：“大爱做大事，中爱做中事，小爱做小事，无爱不成事。”他奉行这一原则，也是这么做的，对孩子言传身教，和女儿之间的关系既是父女，也是朋友，还是师生，他从孩子身上学到了真诚和爱心，并曾撰文《向孩子学习，做一个大家喜欢的人》在企业内部倡导。

真心魅力，群聚四方英才；激情永恒，豪放一腔热血

对“尊重”，张董也有独特的见解：不是对人客气就是尊重，真正的尊重就是真实，对人真诚，对员工如此，对竞争对手也是如此。在员工看来，他的这种善良给人以安全感，使人能在团队里专心做事而不必伪装、逢迎或奉承。在曾经的一位高层自立门户并拉走一批员工，不断挖公司业务时，有员工提醒他采取防范措施，他回答说：“我们合作多年，毕竟还是朋友，人家也是要吃饭的嘛，他们越是这样我越要证明做得比他们好！”用胸怀去感染对手。对经常跳槽的老员工，不计前嫌而多次给予重用，面对其他员工的怀疑他也只提别人过去的功绩。

张董身体力行地解析着“真”这个字，他向员工、向对手证

明，人是可以怀着非常好的良知去开创事业的，正是这样的气度和心态，裕兴才能在“战国纷争”的局面中杀出一条血路，在杭城房产中介第一梯队里屹立不倒，成了中国房产经纪的领军企业。

人人皆讲师　速度争第一

裕兴成长的每一步都有张裕兴的汗水，对于这个他一手拉扯起来的企业，他有着父母对儿女般的情感，他把当兵、做记者、读MBA时的感悟总结出来，作为企业文化凝聚到每个员工的心里，因为在他看来，员工才是企业真正的主人，只有这些主人的素质提升了，相互团结了，企业的战斗力才能形成。裕兴，作为一家成长型企业，在他的一手打造下，形成了自己独特而卓有成效的培训、用人体系，有了超越常人的反应和执行力，有了异常稳定的管理层，才有了今天誉满神州的伟业。

裕兴的成功主要也体现在四个字：势（借势）、速（速度）、培（培训）、用（用人）。

势：借势起家更出彩

在张董的心中，一直隐藏着一个小秘密，那是裕兴起步时的秘密，虽然在后人看来只是偶然，但如果没有当初的妙笔和胆魄，可能就没有今天的裕兴了。

45岁下海，怀揣2万元来杭州这个陌生的城市创业，张裕兴起家时可谓是“三无”：无资金、无靠山、无经验。虽然当时有两位时任市级领导的老乡，但不喜欢走后门的张裕兴并没有借助他们的关系。他花45元买了辆二手自行车，租下一间21平方米的小屋，开始了创业之路。那段时间很苦，但也很充实，他挖掘到了人生“第一桶金”，也尝到了失败的苦味，但更重要的是，他在那段时间找到了人生下半段的“伙伴”——裕兴。

张裕兴一直被同事好友称为“点子公司总经理”，对市场的敏锐使他非常明白一个好点子对企业的发展意味着什么，包括企业起什么样的名字，即朗朗上口又让人一听难忘，这其中有很大的学问。在想了许多名字都不甚满意的情况下，张裕兴想到了借势这一招，“人在世上要借势发挥，名字就要顺势，至少名堂上要借势”。当时香港有个VCD的牌子叫“裕兴”，在国内也非常流行，有较好的人气与口碑，张裕兴当时想就借助它的势头，于是给企业起了“裕兴”的名字。事实证明这一策略是有效的，裕兴房产很快在杭城有了口碑，即便是打错电话来修机器的，在他看来都是一种很好的宣传，“借势”是起名裕兴的第一个原因。第二个原因，把自己的名字用到企业名字中去，对企业家来说是一种“置之死地而后生”的心态，企业成功则证明自己的成功，企业失败则万事齐休，破釜沉舟式的勇气更能起到激励的作用，“押宝”是起名裕兴的第二个原因。

“借势”、“押宝”，这种在常人看来借助运气成分的因素，确实给裕兴带来了兴旺的资本，不得不承认“运”经常能左右企业发展的进程。但“运气”只是暂时的，张裕兴当年在西湖边的誓言才是11年来支撑他走下去的信念：“我（张裕兴）今天到杭州来创业，我一定会成功。如果最终我用钱赚不到钱，那么说明我是无用之人；如果我用钱赚到钱了，那也说明我只是个凡夫俗子；如果我用点子赚到钱了，那才证明我是真正的张裕兴，我来对了。”

速：引领行业步子快

创业者面前根本没有现成的路，脚下的路是刚刚用心血和汗水铺浇而成的。对企业来说，不进则退，小进也是退，大踏步的前进还只能跟上市场，只有突飞猛进才能引领市场，所以“出其不意的变数，超越时空的速度”成为了裕兴的经营战略，“敢为人先、勇争第一”成为“第一楼”的精神。多年来的求新求变，使裕兴时常在不经意间成为行业的风向标和规则的制定者。

裕兴初创时，杭州房产中介行业还很不稳定，那时候先交钱后看房是业内的“潜规则”，是张裕兴首次提出“先看房后付钱”的理念，打破行业的坚冰；在打响名号后，又喊出“不成交不收钱”的口号，从而彻底改变了杭州房产中介的行规。一次，一名日本留学生回国探亲，并为他的老师找一处房产，结果跑了几家中介公司都没结果，中介费倒付了不少，在他一筹莫展的时候，有人向他推荐了裕兴，他便抱着试试看的心态上门了。第一次见到张裕兴，他刚骑着车跑完业务回公司，问明来意后，顾不上吃饭就带着那名日本留学生看了数处房源，并看中了一套。留学生很高兴，要付中介费给他，张裕兴却拒绝了：“我的同行已经收了你好几次中介费了，这次我不能再收了。”

正因为超越常人的眼光和速度，裕兴才在短时间内取得了令裕兴人无比自豪的成就：2000年正月开出了5家连锁，成为杭州第一个尝试连锁模式并取得成功的房产中介；首次尝试银企合作模式，将公司搬进银行大楼与之联合经营，借助银行提升裕兴的形象和员工素质，并接连推出与律师、保险公司的合作；2002年，跨出全国连锁的第一步，首先在昆明成立了昆明裕兴公司；2003年，成功超越当时杭州房产中介大品牌——杭州置换公司，被他自诩为“用弹弓打下了一架飞机”；昆明分公司取得成功后，裕兴又相继在苏州和南京开办了分公司，通过不同的模式将裕兴绿色的种子撒向全国各地；近期，裕兴品牌又正式登陆安徽合肥，引起了当地政府相关部门、媒体及同行的高度关注……

2009年10月16日，裕兴旗下全新品牌——名楼不动产首批20家门店同时开张，再书裕兴发展史浓墨重彩的一笔。名楼不动产是裕兴与港台的房产经纪业精英团队合作打造的一个融中外房

上左：裕兴最早门店
下左：裕兴第三代门店
上右：裕兴第二代门店
下右：裕兴今日门店

以“房产经纪第一楼”为背景的名楼不动产

产代理先进模式的房产经纪品牌，业务主要面向中高端住宅，名楼的亮相标志着裕兴集团顺应市场发展，率先展开了品牌细分战略。在2009年10月的房博会上，名楼不动产以优质的楼盘资源、一流的服务和大力度的营销活动吸引了人流，打响了漂亮的“第一炮”。2009年是裕兴突飞猛进的一年，在名楼不动产推出之前，“进军合肥”的口号就已经引起业界的高度关注，在稳扎稳打地成功开辟了昆明、苏州、南京的房产市场后，裕兴又以超越常人的速度和眼光开辟安徽市场。裕兴高层的魄力和行动力，就连跟随公司多年的员工都大呼有些跟不上领导的步伐，特别是2009年的房产交易形势喜人，管理层还有这样的眼光和魄力去开辟新的品牌，打造新的市场。这样的全局观和战略高度，确实是

携手港台的房产经纪业精英、定位中高端住宅的名楼不动产2009年在杭城隆重登场

同行中不常见的。

“超级有活力、精力超级旺盛、思想超级活跃”是员工对张裕兴最中肯的评价，张董对工作的执著、超强的思维和创造力也感染着公司的高层、中层甚至是基层的每一个员工，而公司也正是靠着自上而下的活力和干劲，才有了如今裕兴11年的辉煌，才有了“小钱速成大业”的案例被选入美国MBA经典教案的奇迹。

培：人人讲师“一培三”

虽然裕兴已经在市场拼搏11年了，但对于一个立志成为“世界强企、百年宏业”的企业来说，还处于腾飞的初级阶段，如果不尽快形成一个完整的培训管理体系，人力资源规划就会脱

节于公司的发展战略。根据公司三年“绿化神州”的战略要求，张董提出“培、育、训、练”四字诀，并确定了未来的人才战略方针：内培为主兼顾外引，人才培训以两个学院和“一培三”工程为主，提倡“人人皆讲师，人人皆学员”的学习风气。

两个学院即成梁学院和社会学院，是裕兴除普通业务培训外最重要的培训组织。成梁学院是一个针对公司中高管的培训体系，目的是为公司培养出栋梁之材。更受员工欢迎的是社会学院，社会的概念就是功夫在室外，不和专业培训、技能培训挂钩，只是针对员工素质的提升、视野的开阔，以类似《百家讲坛》的形式定期开课，其目的是为广大员工业务充电、提升职业技能和素养打造一个免费、优质的平台，促进团队整体素质的提高，已讲过的课题有“易经风水与建筑文化”、“客户心理与销售沟通”，并对色彩心

自2006年开始，裕兴与浙江金融职业学院开展人才战略合作，订单班举办至今

理学、奢侈品鉴赏等课程都会进行安排讲解，在寓教于乐过程中潜移默化地提高员工的素质，起到事半功倍的效果。

“一培三”工程是裕兴公司内部的一个人才培养体系，提倡的是“全民皆兵”，即“人人皆讲师，人人皆学员”。这是一个金字塔形的人才培养机制，一个管理层要培养三个员工，领导和员工的关系不仅仅是任务布达、工作反馈，在公司战略发展和个人发展规划方面，还要做员工的导师，要从员工的职业生涯、今后发展出发对员工进行管理、教育、培育。目前，“人人皆学员，人人皆讲师”的讲师制度已经建立起来。

裕兴的培训体系远不止这些，还有已创办了多期、与金融学院合作的“订单班”，为裕兴输送了大量“来之能战，战之能胜”的经纪人后备人才，其中的佼佼者已经成为门店的经理；还有来自港台企业背景的培训大师、拥有多年加盟连锁实战经验的台湾职业经理人……纷纷应邀来到公司培训讲台分享成功经验，为裕兴融合不同类型企业的优势，形成裕兴独特的发展模式打下扎实的人才基础。

用：大胆放权重英才

在裕兴的员工看来，公司的领导层肯放权、敢放权，特别在培养和重用年轻人方面，是其他稳定型企业所不可能做到的，只有在裕兴这样的发展型企业、领导层又有充分的自信情况下才能做到。

由于受中国传统文化思想的影响，民营企业家往往在企业做大后抱着“肥水不流外人田”的心态将家人、朋友安置到管理层面，这在很大程度上限制了企业的发展。张董常说，亲情有三

种——血缘亲、利益亲和理念亲，理念亲就是志同道合，情相投，意相融，干事业唯有理念亲的能重用。不仅仅是张董，唯才是举已经成为裕兴从上到下的一种用人标准、用人原则。

张董首先能放权给高层。如现任浙江裕兴执行总裁的郑瑛，在进公司时也只是一个普普通通的员工，被分配在核证部当一名签证员，后升任业务经理。由于她工作认真、处事公正，体现了良好的综合素质，受到了客户和经纪人的普遍赞扬。张董经多方观察后，力排众议，一下就把她提拔为公司总监，把公司行政大权交给她，并悉心指导她掌权处事，使郑瑛很快成了众人信服的职业经理。

高层也充分放权给下属，并给予下属非常大的信任。即便是下属由于判断失误而出现了风险，高层领导也会以勉励的姿态和员工说，即使这次有风险，不赚钱，没关系，下次继续努力，鼓励员工担负起更多的责任。这种大胆放权的做法，使员工的各项能力都得到飞速的提升，特别是让员工切身感受到只要努力发挥了自己的能力就能得到晋升，这对于激励员工干劲、培养中层干部显得尤为重要。

裕兴尤其注重对年轻人特别是“80后”的培养、提拔，并形成了一套体系，即四个“快”：快招（招聘年轻人）、快培（尽快培养成可用之才）、快用（成才后在短期内就提升到管理层面）、快退（发现有不合适的也立刻撤职，绝不念私情）。在这一套鲜活的用人机制激励下，有越来越多的“80后”开始在公司发展的前进步伐中发挥越来越重要的作用，在2008年开始的内部体制改革中，一批“80后”的佼佼者进入了公司管理层，第二代裕兴人正以年轻人的冲劲和活力、思维和创造力向杭州房产中介市场高呼：“我们准备好了！”

文化聚魂魄　管理铸品牌

11年，用婚姻的术语来说，属于“钢婚”，经历了蜜月期的甜蜜和“七年之痒”的磕磕绊绊，两人的感情逐渐稳固，开始为共同的目标而奋斗，张裕兴和他的裕兴公司正好处在这一阶段：业绩突出，2009年，公司实现了全国成交总金额75亿元的奇迹，这一数字比2006年翻了一番；业务广泛，目前裕兴旗下有天伦地产咨询策划有限公司、杭州天策担保有限公司、名楼不动产、昆明裕兴公司、苏州裕兴公司、南京裕兴公司、合肥裕兴公司等分支企业，加上母公司浙江裕兴不动产经纪有限公司，裕兴集团经营的范围涉及到租赁、担保、二手房交易、楼盘策划代理等多项，非常宽泛；门店众多，裕兴公司的近期目标是“绿化神州，千家连锁”，自从2002年开办昆明分公司以来，裕兴已经在4个省份开设了近400家分店，甚至在被称为“房地产经纪坚冰之城”的南京取得骄人成绩，如此发展速度和扩张力度，令业界赞叹；人员稳固，公司很多中高层干部在裕兴工作了6年以上，并且都将心思扑在工作上，甚至出现了因为努力工作而忽视个人问题的情况。

11年来，裕兴秉承“裕兴为你找个称心的家”的企业宗旨，尽心尽力为社会服务，得到政府与社会各界的广泛认同与高度评价。凝聚着裕兴人心血的荣誉有：“引领中国房地产经纪十大领军企业”、“中国房地产诚信企业”（已连续4年获此殊荣，在浙江省房产中介行业是唯一的）、“中国消费者满意单位”、“中国最具竞争力连锁品牌”、“浙江省诚信房地产中介先进企业”等等。

如果说张裕兴的个人魅力给裕兴带来了口碑、可塑性和创

造性，公司的用人培训体系给裕兴带来了活力、纪律性和执行力，那么真正对裕兴的发展起支撑作用的，是经过十几年历练所凝聚而成的文化和管理，它们给裕兴带来的是品牌观和凝聚力，而这些才是裕兴真正的灵魂所在。

兴：企业文化聚魂魄

谈起裕兴，每一个裕兴人发自内心的认同感是“感觉在裕兴就像在自己家一样，同事就像是我的家人”，企业是情感的交融体，在企业中营造家的氛围，是裕兴文化的内核，领导到员工，相融即为亲。

张董的管理哲学有三个“不”：不用亲戚、不签发票、不锁门。不用亲戚是关于用人，不签发票是关于放权，不锁门则与企业文化中的信任有关。一个企业的董事长从来不锁办公室的门，就是在向员工强烈地传达一种信号：员工

上：裕兴·天策担保——您身边的金融服务专家
中：裕兴·天伦楼盘代理——一座构筑信任的桥梁
下：裕兴·名楼不动产——中高端置业投资顾问

浓缩与传承：裕兴的企业文化建设

可以随时进来与高层交谈，谈工作、谈事业、谈个人等，同时也是对员工高度信任的表现。张董还很少坐老板桌，98%的办公时间都坐在临窗的小茶几旁边，与客人或员工促膝而谈。他觉得人与人的平等是最关键的，裕兴是属于为她的强大而奋斗的优秀裕兴人的，只要在生活中体贴员工，员工有困惑的时候给予方向性的指导和真挚的鼓励，不用摆架子，也会赢得员工的敬重。许多员工都对张董无微不至的关怀记忆犹新，许多小事甚至他自己都并未在意，但点滴小事汇聚成的正是裕兴文化的内核。

张董所做的这些“小事”，往往令在公司打拼多年的员工

印象深刻。一个已随裕兴拼搏近8年的老员工在说起当年的往事时依然情绪激动：三四年前的一个夏天，公司派她去南京公干，忙碌了一天后，她在晚上10点多向张董汇报工作情况，汇报完后张董说“那你休息吧，明天见”，由于第二天要回杭州，她自然认为是第二天在杭州见。但第二天早晨8点半，张董的车已经停在她所住宾馆的楼下等她，一瞬间，她的心被巨大的温暖包住了。别的员工也是，一句提点、一句问候、一声“这么冷的天怎么出去不戴手套”，员工回想起来都感动不已。

敬人者人恒敬之，爱人者人恒爱之。张裕兴提倡的“家”的概念如今早已被员工完美演绎，在裕兴，你不必考虑尔虞我诈，不必忌讳复杂的人际关系，人人都在为公司的发展而努力。即使有了矛盾，也是对事不对人，一个没有内耗、没有派系、没有斗争的企业才是健康、奋进的，才是充满活力的。在裕兴，工作超过5年以上的老员工比比皆是，高层更多是为裕兴工作了七八年的第一代裕兴人的代表。一个公司的团队能如此稳固，几年来更是没怎么出现过大矛盾和分歧，这便是“家”所创造的奇迹。

张董在感动着员工们，员工们同样也在感动着他。2008年底，由于杭州房产中介行业的整体低迷，二手房交易量跌到谷底，市场一片“冰封”，公司面临巨大挑战，生死存亡之际，公司召开了一个表决心大会。令张董意外的是，所有员工都没有自暴自弃、互相埋怨，人人脸上都带着微笑，大家齐心协力为公司想办法，有的人愿意只拿最低工资，甚至有人愿意把自己的房产抵押来为企业筹集资金。会后，不少员工还发来短信，表示愿意将积蓄捐给公司，以帮公司解燃眉之急。员工的态度和热情令张裕兴无比感动，如今危机早已过去，但他从员工身上看到了裕兴文化的力量，看到了裕兴文化的真实。他更加坚信，深厚的企业文化才是裕兴飞速发展的基石、搏击市场的法宝。

健：精细管理铸品牌

如果说文化已经成为裕兴最大的特色，那么提升管理，则是裕兴目前转型升级、扩大规模、稳健发展的根本。

在张裕兴看来，以前的裕兴虽然在管理上比较有特色：每月举行的军训，为员工灌输了团队概念，提升了执行力；交警式管理条例，在一定程度上起到了约束、监督员工的作用；大胆放权式的管理，提升了员工的综合能力和自信心。但这些基本上还是比较粗放的，在裕兴发展到10个年头以上的时刻，现有的管理制度渐渐适应不了社会的大环境了。于是在2008年，裕兴开始了内部体制改革，如今体制改革已基本完成，精细化管理的大幕已徐徐拉开。

精细化管理是一个漫长的过程，其目的是为了更好地塑造品牌。

裕兴从张董到中层再到员工，人人都视品牌为生命，公司每年都在对品牌形象进行完善，但万变不离其宗，裕兴品牌的根本是不改变的，那就是为每位顾客找一个“称心的家”。裕兴品牌目前已小有名气，如何能把它做到全国知名，靠营销、靠经营，关键还是靠管理，对任何一个立志成为“百年名企”的企业来说，从粗放型管理向精细化管理的转变是必需的阶段。

精细化即细化了的标准化管理，要求工作岗位、流程和目标的明确、准确、精确。“精”，就是要把每个人都用到位，把每件事都做到位，把每个规则连到位，几千名裕兴人统一做一件事，要做到像一个人；“细”，就是明确岗位、细化目标、规范

品牌与服务、诚信与责任，皆来源于一份企业担当

流程、精工细作；“化”就是普及、渗透、习惯，把精细化管理长期地坚持下去。在裕兴推广精细化管理，管理层可谓是下定了决心，力度也非常大，从董事长到执行总裁、从部长到中层再到基层，一层一层进行改革，甚至在内部机制改革时成立了品牌督导部，下设一个目标绩效管理小组，专门负责监督公司包括董事长在内的5位高层，同时还增设员工服务部，通过邮箱、QQ等手段开通了员工到总裁的直通车，不仅仅是投诉，员工对公司在经营战略、管理制度、决策和工作的看法，员工对同事、领导、部门的看法，甚至是员工自身的疑惑、困难，都能通过服务部进行反馈。公司通过这样的方式，及时、认真处理好来自基层的意见建议，真正为员工做好服务；大幅度削减管人的层面，把以前的五个基本层面减到三个，精简了人员，减少了矛盾，提升了办事

速度，提高了办事效率。

改革的阵痛是暂时的，当一个有些粗放式管理的裕兴能创出现在的天地，几年后，当一个管理精细、人员精干、制度合理、渠道畅通的新裕兴出现，并真正在全国确立起自己的品牌形象，做到“一呼百应”的效果，那么成为名副其实的中国房产经纪第一品牌，甚至是实现“世界强企、百年宏业”的目标，都不再只是一个美好的愿望了。

站在云景园，向下望，车来车往；向前看，前途宽广；伸出手，揽抱杭城；张开臂，心怀华夏。在张裕兴的心中，始终装着裕兴的发展规划：2010年，实现全国成交总金额100亿元；与国际合作，组建国际性的不动产理财公司，像分析股市一样分析

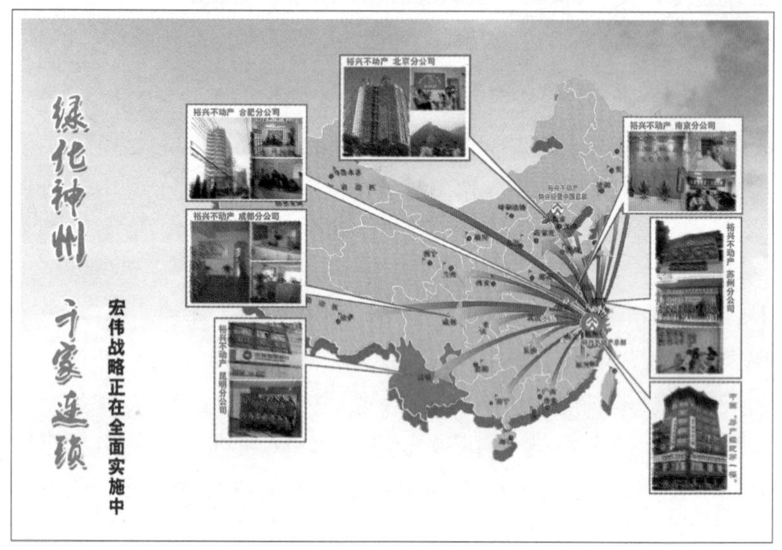

裕兴战略：伸出手，揽抱杭城；张开臂，心怀华夏

强强联手，与美国NAI公司合作组建商业地产中国区核心机构

房市；把裕兴的培训机制深入化、具体化、社会化，把裕兴的文化推向社会，使文化真正转化成生产力……在“第一楼”里，张董和他的团队似乎永远都有燃烧不尽的热情、迸发不完的创意、永动不停的活力和奔跑不休的速度，他们就像一台动力十足的火车头，拉着裕兴这辆列车，在规划愿景的道路上越跑越快，飞速发展。

“我希望这家企业能一直走下去，做成一个百年老店，让杭州这块土地能产生本土的、常青的中介企业。”这不仅仅是裕兴员工的期望，同样是每一个接触过裕兴的人的期望。裕兴，就像它的名字一样，将永远给人带去富裕、高兴，裕兴也和它的主色调——绿色一样，永远充满着生机和活力！

（撰文：王晖军 杨 凡）

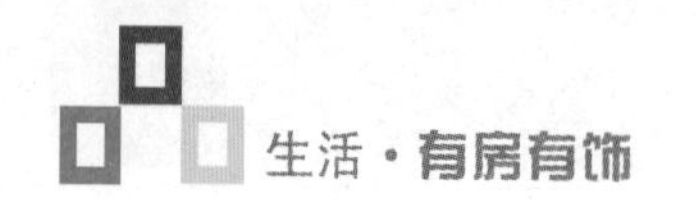

纵览杭州历史文脉 精营亲水华彩生活

——浙江钱江房地产集团有限公司

海景、湖景、江景、湿地……人类最奢侈的收藏，莫过于对稀缺自然资源的拥有，具体到居住需求上，体现出强烈的“亲水性”：“逐水草而居”的游牧生活也好，“背山面水、山环水抱”的风水之道也罢，都说明水与人的居所休戚相关。

杭州，这个曾直接以水命名的城市，拥有西湖和钱塘江这两个城市起源与发展的原点，以及西溪这一蕴涵原生态的湿地居所，杭州自身的居住条件得天独厚。水，已然成为杭州的气韵所在，三大水域都是杭州千年灿烂文明无法割舍的记忆，西湖群山四顾可挹，钱塘江面烟霭霏微，西溪湿地原始幽邃，三者既互相独立又互相联系，以其稀缺的自然条件和深厚的人文底蕴，成为高尚住宅的标志之一。西湖，作为城市核心的一部分，山抱水回，婉约秀逸，其周边近半个世纪都是市民居住的首选；西溪湿地，坐拥与西湖

钱江 · 彩虹豪庭效果图

不遑多让的秀美景色，以及更胜西湖的清新空气，其间水网纵横，可谓是“一曲溪流一曲烟”，逐渐成为顶级奢华住宅的代名词。与这两处市中心的美景不同，钱塘江这两千多年来孕育了无数江浙人民的“母亲河”，一直是恢弘大气的，江水奔腾入海，自钱塘江大桥南岸一段朝北眺望，六和塔、钱塘江大桥、玉皇山、凤凰山、复兴大桥（钱江四桥）、钱江新城，自西往东连绵成一道黄金岸线，完美呈现千里江岸最为精美的一幅画卷，尽情演绎千年江南风韵与现代都市繁华的天作之合。

然而自古以来，钱江南岸由于与西湖隔江对望，始终是一片荒寂的江滩，只有对岸的六和塔和白塔与之相伴。即便是在杭州市政府开始统一规划、开发滨江区块，城市建设从“西湖时代”向“钱塘江时代”迈进的当下，钱江两岸的楼盘发展依然差

钱江月夜图

别巨大：钱塘江北岸幢幢高楼拔地而起，逐渐开发成为杭城的顶级公寓区；钱江南岸虽然也有些不错的楼盘推出，但大多数江景楼盘都面向中等收入的阶层，楼盘销售始终处于不温不火的地步，一线江景房与非江景房的价差不甚大。但随着滨江区首个均价2万元以上的豪宅——钱江·彩虹豪庭的隆重开盘，加上“滨江区首席大盘”彩虹城以及“新国际奢华主义”水晶城一期的成功开发，浙江钱江房地产集团有限公司主推的“钱江系”三大江景房的劲销，终于为钱江南岸的楼盘销售“破局”，而“钱江系”产品所代表的高端品质、精致生活，让人们对钱江房产开启滨江豪宅元年寄予了巨大的期望。

钱江·彩虹豪庭：树立南岸价值标杆

2009年5月29日，位于滨江区一桥东南侧的钱江·彩虹豪庭首次开盘，这是滨江区首个明确定位于豪宅的楼盘，其24000元/平方米的平均单价，250平方米的主力户型，以及600万元左右一套的总价，均刷新了该区域的房价纪录。谁也没想到，这118套精装修的一线江景高端住宅，在开盘当日就受到了购房者的热烈追捧，预订金额超过5亿元。钱江·彩虹豪庭的热卖，在钱江南岸的楼盘销售史上是一个奇迹，但纵观彩虹豪庭的整体设计水平和品质细节，其热卖又在情理之中了。

“彩虹豪庭是我们第一个高端精装项目，主力户型面积在250平方米左右，全部是一线江景房，可以说是钱江房产自成立以来对品质建筑的最高诠释。”一位钱江房产的管理人员这么说道。

彩虹豪庭由6幢100米高的玫瑰色点式高层组成，建筑面积约10万平方米，以开阖有序的方式“一”字沿江排布，户户见江。楼层样式参照了典雅主义建筑学的经典作品——美国电报电话公司大楼的建筑风格，高耸的天然石材立面之上，古典的柱式、山花和线脚的拼接变化，形成细腻精致的立面肌理，在历史与现实之间建立一种关联，使外墙显得雍容华贵而富有浪漫主义色彩，而双层通窗手法和阳台的悬臂玻璃栏板设计，则极大地提高了建筑的时尚感。

钱江·彩虹豪庭仰视效果图

一般认为，1800米的距离是人对尺度概念理解的极限，有时被视作纪念性尺度，此时聚居群落的天际轮廓最具装饰效果。彩虹豪庭到江北岸的距离约1200米，到钱江一桥的距离约800米，从这两个位置眺望100米高的彩虹豪庭，建筑顶部的竖向造型高耸挺拔，挺拔的天际线都将极为壮观，让人过目难忘。再加上由法国城市照明管理集团（CITELUM）的顶级灯光设计师定制的夜景灯光模式，将北部的外立面及外围的高层建筑侧立面作为主要的可视面，在复合立面外侧营造出一个光

亮的环境。

为了将江景纳入园区，同时最大限度地保证较低楼层的观江效果，设计者以一个比江堤高1.5米高的大平台，将住区整体抬高，并顺势将整个小区的庭院设计成阶梯状的台地式花园。大平台再加上每栋楼5.1米的架空层，即使是第一层住宅也比江堤高出6.6米，江景全无窒碍。彩虹豪庭的台地式花园垂直于建筑轴线，呈现一个规整的直线序列；欧式叠泉、流动溪流和大型光影喷泉池贯穿整个大平台，结合暖色系锈石铺地，弥漫着一种意大利式的奢华气息。同时，这一高差还造就了一个空间舒适的半地下恒温游泳池，其采光天窗既兼顾采光要求，又为台地的景观布置带来变化元素。设计者还利用地坪与周边路面的高度差，设计了一个类似老派豪华酒店大门的豪庭主入口大堂，总面积约400平方米，挑高7.4米，是一个全石材独立建筑，大堂外还设有一个ART DECO风

上：彩虹豪庭豪华大堂
中、下：内部豪华装修

格的宽大门廊，业主可以步行穿过辉煌的大厅，一路经过台地式花园的喷泉、雕塑和庭园植物，对着远处的钱塘江做一次深呼吸，再走进两幢楼之间的“二合一大堂”，随后可步入装修豪华的单元候梯厅，乘梯回到自己的家中。

生活的舒适性在彩虹豪庭被进一步鼓励，最新的住宅科技享受俯拾皆是。彩虹豪庭是滨江区第一个使用光纤入户的小区，也是杭州市仅有的几个节能效率达到60%的住宅。另外，每套房子都采用同层排水和窗式新风系统，车位配比也达到相当奢侈的1.3∶1。在物业管理方面，钱江房产还与浙江国大雷迪森酒店管理有限公司合作，引进五星级酒店管理标准，为彩虹豪庭业主提供专业、周到的品质服务。

当你站在房间内那独特的“L”形的270度的超大江景阳台上，宽广视野使一线江景一览无余。望着脚下那奔流入海的钱塘江，眺望宽阔的江面，整个心胸也随之开阔起来。站在阳台往西看，能看到玉皇山、凤凰山、六和塔、钱塘江大桥；往东看，能看到复兴大桥、钱江新城。江景虽然看的是江，但江岸边的风景才是江景房的精髓。从彩虹豪庭看过去，既可以看到非常秀美起伏的山脊线，又可以看到代表城市发展的天际线，既有六和塔和钱塘江大桥这样的杭州标志性的历史人文建筑，又有市民中心、杭州大剧院这样的新地标建筑，可以纵览杭州的历史文脉，甚至看到未来杭州的发展趋势。短短几分钟，一下就穿越千年看到杭州的一切，只有切身站在此处感受过的人才会豁然了悟：要拥有这个城市最精华的人文意象和翳然山水，需要的只是一个返身观照的姿态。

钱江 · 水晶城效果图

钱江 · 水晶城："新奢华主义"住宅区

美国畅销书《奢华，正在流行》一书中提出，真正的奢华不是物质上的富足，而在于精神上的满足。在中国，越来越多的城市精英开始加入了"新奢华主义"的行列，他们喜欢出入于各类高规格的情调餐厅，开着车去一家环境优雅的星巴克喝一杯醇香的咖啡，甚至还会花上万元的年费成为某某俱乐部的会员……作为都市江景社区的典范——钱江 · 水晶城的出现，营造了这样一种新的都市奢华生活模式：兼得江景与繁华的双重优势。

钱江 · 水晶城坐落于钱塘江南岸一桥与四桥之间，南面为滨盛路，西临火炬大道，北靠闻涛路，雄踞滨江成熟生活圈，背倚国际化街区规划，坐拥千米无敌江景。整个区块总占地面积约为140亩（约合9.34万平方米），总建筑面积约30万平方米，由9幢高层建筑、2幢超高层一线江景建筑及一条270米长的风情商业街组成。社区的建筑密度仅有18%，11栋高层建筑布局极为疏朗，拥有大跨度的楼宇距离，平均楼间距均在60—70米，南北楼间距最大可达120米，同时灵动的欹侧、穿插布局，令单体之间无相互遮挡和对视，每个建筑单体至少拥有两个以上的景观面。整个地块80%以上的面积都被园林、步道和绿化覆盖，拥有闹市区少有的总面积约4.2万平方米的南、北中心花园和多个组团花园，通过建筑底层架空，将各组团景观连成一片；秉承精装理念，独立商铺外墙、单元大堂门楣、花池、景墙、围栏等部位均以浅浮雕的形式浮凸于天然砂岩和花岗岩上，就连公共空间都以大理石装饰，居住的价值感随处可见；为满足居住人群对品质生活的追求，社区规划了270米风情商业街、VIP尊品俱乐部、双游泳池、标准网球场等高标准设施，以一流配套匹配一流的社区品质。在杭州钱塘江两岸的江景房中，钱江·水晶城的绝美江景、周边配套、社区品质等都是首屈一指的。

相比于彩虹豪庭面对高端客户、成功人士的定位，水晶城一期和二期将客户群定位于那些有改善型需求的、对房屋品质比较看重的客户。针对这一类已经有一定的经济基础，追求户型功能齐全、设计新颖的客群需求，水晶城的户型集合了众多优秀户型的长处，完美融合了高使用率、可成长性、舒适性等各项功能。一期推出了独具特色的“叠层”户型，分为128平方米和85平方米两种，又各自有上叠层和下叠层两类，设计师通过对相邻房型的精密计算和相互嵌叠，在高层公寓中制造出层高2.19米的赠送叠层，开创了墅式公寓的新模式。以128平方米的下叠层为例，通过适当抬高主客厅的层高，而降低某些辅助空间的层高，一套住宅的空间一分而为三个层次，为业主凭空变幻出在常规户型中罕见的情趣空间。虽然2.19米的层高并不是人们传统上习惯的尺度，但是巧妙的设计可以营造出独特的居住体验。比如，根据自身的喜好将它设计成视听室、大工作室、派对场所，甚至是儿童游戏区、书房等，独特的空间设计定能为生活平添出更多乐趣！同时，由于叠层、露台、飘窗和阳台的赠送，整个叠层户型的赠送面积极多。产品的稀缺性与独特的空间价值赢得了市场的青睐，到目前为止，一期共500多套房源几乎售罄。

继一期形成良好的市场口碑之后，二期精装公寓首批3幢近400套房源一经面市，便被预订一空，再次创下楼市销售佳绩。二期6幢高层建筑分布于社区中央景观核心，南北中庭尽收眼底，还能最大限度观赏到钱塘江景，实现户户观景的舒适性和江景社区价值感的完美契合。约90平方米高附加值精致户型，南北通透，落地飘窗、阳台、露台可变空间附送，远远超过了90平方米空间

上、中：水晶城样板房
下：水晶城商业街夜景效果图

的常规尺度。以C户型为例，南向近10米面宽，两房、客厅均朝南，形成采光、舒适度的高度优化，同时利用多功能阳台设立书房，不仅实现了阔绰三房的格局，而且凭空享受到10多平方米的附送面积；而且为提升户型的整体价值感，采用了高规格的精装标准，从墙面、地面的用材，到全套厨房设备、卫浴洁具、机电设施的选择，全部采用品质和品牌双重保证的产品。据悉，钱江房产与雷迪森酒店达成了战略合作伙伴的关系，在水晶城二期融入酒店式金管家服务，这将为执著于居住品位和生活质感的都市精英，带来居住的归属感和都市生活的尊荣感。

除了对产品空间品质的营造之外，开发商还格外注重提升产品的附加值。社区南面规划了一条长达270米的风情商业街，沿滨盛路一侧，所有建筑向后斜退进50多米，一组双层式沿街独栋建筑群落巧妙地围合出一条商业内街，并在一侧形成一个气势磅礴的圆形入口广场。如此的巧妙设计，可以在社区生活和外界生活之间获得一个合理过渡，由此形成的“模糊”边界充满了有机的生命力。在商铺招租上，钱江房产秉承彩虹城社区商业成功的招租模式——统一定向招租，确保全面引进知名的国际潮流品牌和大型连锁餐饮。

随着周边区块功能的完善与大型配套的落成，钱江南岸一桥与四桥之间已完美地构筑了以水晶城为核心的都市“新奢华主义”的居住版图。依据规划，水晶城向南约1800米，滨文路以北、冠山路以西将开设一家麦德龙超市。水晶城向东约1500米，瑞典宜家家居将在四桥西南侧投资建设家居商场和大型的一站式购物中心。紧邻水晶城的东南面，是大片的省属用地，其中，省直专用房项目已经开工。同时，浙江大学医学院附属儿童医院（简称省儿保）也已确定落户在水晶城的东南面约600米的位

置，对水晶城的业主来说，给孩子看病将是最方便的一件事。而彩虹城小学和彩虹城幼儿园则为水晶城的业主提供最强大的教育资源。滨盛路上早已成型的配套融合了生活的各种元素：超市有联华和好又多，餐饮有小绍欣、外婆家、金田中和火锅牛，休闲有星巴克、茗邸茶楼和卡布基诺咖啡，此外，摩肩接踵的书店、琴行、花艺店、自行车专卖店、西点屋和24小时便利店……成为都市白领释放小资情结的理想场所。

对于南岸高端住宅的领军者——钱江房产而言，营造高价值的产品不仅能树立企业的品牌，更能赢得市场的尊重。

钱江·彩虹城：钱塘江边的“亮丽彩虹”

2003年，钱江房产定位为“大规模江景国际化人文社区”，聚集无数人气的钱江·彩虹城正式销售，引爆了滨江第一个销售奇迹。

钱江·彩虹城总面积达55万平方米，小区整体的建筑形式纯净，手法洗练，组织大气坦荡，风格明亮轻快；立面现代简洁，颜色深沉凝练，把现代主义建筑元素融入钱塘江地域性文脉中；户型充分考虑现代人居住的每一个细节，以短进深、大开间为特色，充分接纳阳光、风、水等自然元素。园区内路网构架为二横、三纵加两翼，设置与城市道路相联结的伸入住区的街道，从而在住区内部引入城市街道的感觉。景观轴线沟通南北，沿着彩虹城的前广场、步行街、中央水道、祈福广场和彩虹桥一路走到江边，就像走过了一整个城市，时而开阔，时而私密，充满空间的序列感，自然风光充塞着区内每一个角落。经过几年的经营，彩虹城已发展成为新杭州市中心规模最大、档次最高、居住

钱江·彩虹城外景

条件最佳的住宅园区之一。

本来，彩虹城是一个面向城市高端白领的中产社区；但现在入住彩虹城的人里，至少有百余位金融界高管，十几个医院的院长和大学的院长，还有几十个高新区的外籍人士，而一般知识分子、教授、海归人士更是不计其数。这些人群对于生活品位有独特的理解，钱江房产个性化、精品化的开发手法，是对这些财智人群生活方式的最好解读。

钱江房产：打造新时代精装房源

“有个性，有品质，在生活方式上有追求。”钱江房产副总经理郭庆在一次接受媒体采访时对钱江房产作出了这样

的评价。

浙江钱江房地产集团有限公司，专业从事住宅产业开发、商业地产发展、旅业投资经营、物业投资租赁、物业管理，以及建材、部品、设备经营和建筑装饰等业务。公司以多元化的资产经营模式和专业化、职业化的高素质的团队，以品质铸就品牌为企业价值观，践行城市运营商的企业理想和社会责任，致力为城市的发展作出贡献。

公司以“品质铸就品牌”为核心理念，坚持走精品化、专业化之路，不断参与城市区域开发建设，相继开发精装高端楼盘，几年来，钱江房产开发项目先后获得“2002年度全国人居经典综合大奖”、“2003年健康房产”、“2004年度中国国际花园社区”、“2005年首届杭州市最佳人居奖”、“2007年杭州市亲水人居特别奖”等奖项。

正是基于上述开发理念，钱江房产现在只开发那些有特质的地块。所谓“有特质的地块”，在公司管理层看来就是有山水人文，还要有一种特别的气质，适合建造高品位楼盘的地块。

在资本运作上，钱江房产更喜欢走稳健路线，通常是做成功一个项目再拿一个项目，现金流非常顺畅。它们目前开发的几个项目，地块基本都是在市场最低迷的时候吃进的。比如，彩虹城地块是在香港金融危机期间拿到的，水晶城地块是在国家调控期间拿到的。在2007年楼市还没发“高烧”之前，钱江房产一举拿下浙大科技园二期地块；而在2008年市场最低迷的时候，他们又在土地储备清单上添上了浮山地块。目前，钱江房产正在向集团化发展迈进，除已正式销售的彩虹豪庭、水晶城等高端楼盘外，手中储备有浙大科技园二期、浮山地块等多个优质地块，并计划涉猎商业、生态农业、旅游业等领域。

钱江房产董事长沈建声在2009年参加“谁是赢家——2009住在杭州网年会”时提出：“钱江房产今后的项目将全部采用精装修。”针对目前杭州大部分开发商都在做“减法”，希望降低成本，以低价尽快去化房源，钱江房产却继续为产品做“加法”。在公司管理层看来，走高端路线、不以降价吸引消费者，一方面在于滨江区块的房产价格比较稳定，并未出现高涨高落的局面，整个板块区域的价格基础比较扎实；另一方面，对于公司自身，希望通过给自身的产品增加一些附加值，如精心设计户型、提高得房率等方法，使顾客在购买同样大小、同等品质的房子时，购买钱江房产所得的比其余楼盘多得多，以达到顾客最大的满意度来体现自身的价格。在降价风潮中，“我们没有跟风，而把重点放在如何进一步提升楼盘产品品质上，钱江房产从不随波逐流，因为我们必须为自己的行为负责”。

品牌意味着诚信，奢侈消费品的品牌是在诚信的基础上又自然递加了一层标榜的价值。对于一个城市豪宅发展商来说，这正是他们未来需要积累的豪宅价值。

10多年前，当杭州人开始跨过钱塘江，开始在江对岸经营高新产业时，只希望开拓出一片属于未来的天空。10多年后，当江南的高楼渐渐勾勒出南岸的都市轮廓，“钱江系”高端小区逐渐成型时，蓦然回望，人们突然发现，“亲水”的生活不再是梦想，脚下这片土地已经囊括了整个的城市和历史、全部的繁华和优雅，人们可以亲手精心营建自己关于栖居的最新梦想。

（撰文：杨　凡）

十余载历经风雨
塑品质终见彩虹

——杭州市市政房地产开发有限公司

1992年12月，杭州市市政房产综合开发公司正式成立，原为市政集团公司旗下分公司；2001年10月，公司改制为杭州市市政房地产开发有限公司。公司成立至今已10多年，是杭州房产界的“元老”企业。从创业初期仅50万元注册资金、10余名员工的小公司，发展到目前拥有2000万元注册资金、40余名员工、土地开发量超过20万平方米的中等规模企业，它见证了杭州房地产市场历经的风风雨雨，其发展史正体现了杭州房地产的发展轨迹，是杭州房地产产业这10多年来发展的一个缩影。现在，市政房产“求诚、求实、求精”的企业宗旨已成为杭州地产业一道亮丽的风景。

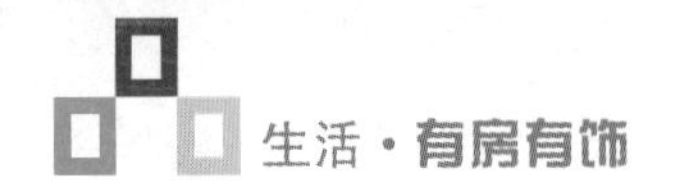

投身商海　艰难起步

从计划经济时代开始直至20世纪90年代末，在广大城市居民的记忆里，房子是和“福利”挂钩的，国家福利分房、单位集资建房是当时城市居民房子的主要来源。对于那时挤集体宿舍的人来说，能分到一套福利房，那份激动是外人所体会不到的，因为分到房而大肆庆祝是很多家庭的真实写照。虽然从20世纪90年代开始，不少地方开始进行房改和商品房开发，但在市政房产创业的90年代初，人们还在享受福利分房，购买商品房还是非常遥远的事。

杭州的房地产业正式起步始于20世纪80年代末。1989年12月28日，杭州市首次有偿出让土地使用权，出让面积2200平方米。1990年5月22日，经浙江省第七届人大常委会第16次会议批准《杭州市城市建设综合开发管理条例》公布施行。1992年的1月和7月，浙江省人大常委会通过实施《浙江省实施〈中华人民共和国城市规划法〉办法》和《杭州市城市规划管理条例》。1993年2月27日，杭州市首次举行旧城综合开发项目公开招标开标仪式；4月1日，《杭州市市区住房制度改革实施方案》正式实施行；5月8日，杭州市首次公开拍卖租房屋。杭州人的住房改革从这一年开始起步。

鲁强作为市政房产的总经理，看到了商品房开发的巨大潜力和市场，也看到了国家政策已开始鼓励商品房的建设和开发。1992年，他毅然带领着10余名员工、50万元启动资金下海，组建起杭州市市政房产综合开发公司，开始艰辛的创业历程。

董事长、总经理鲁强

西苑大厦是公司进入房产领域的首个项目。该项目位于环城北路98号，占地面积7000平方米，拆迁房屋面积8480平方米，计划安置房屋建筑面积1.06万平方米。公司通过银行贷款等方式先后投入资金多达5000万元。但由于政府规划改变，大厦高度、绿化受控，项目被迫终止，这一变故给尚处于发展阶段的公司带来了重大损失。

“出师不利”并未使鲁强和他的员工灰心丧气。面临严峻的形势，全体员工毫不退缩，上下齐心，快速且平静地越出低谷。鲁强采取了“筑巢引凤，引凤筑巢”的方法，“招商和营销”双管齐下，广开门路进行多方筹措，为地块开发解决了资金不足的后顾之忧。与此同时，公司还不失时机谋求其他零星地块的开发，开拓多元化经营道路。这些零星项目周期短、效益快、资金回笼迅速，为公司的可持续发展打下一定基础，也使得公司逐步站稳脚跟，开始展现自身的特色。市政房产以中北小区开发为契机，开辟出一条适合自身的房地产发展之路。

从1992年开始，杭州楼市第一个真正意义上的商品房——梦湖山庄开盘，预示着杭州楼市发展的启蒙期开始。在这一阶段，实物分房的模式依旧是主流，但市场化运作的公司开始出现，按揭买房开始出现，开发商也推出了“还本赠楼”等最早的楼盘营销模式。不过国家开始宏观调控，加上“商品房”概念还没有深入人心，房产企业经历了非常艰辛难熬的过程。这一阶段所造的房子，业内人士把它称作“第一代楼盘”。因为基本上就是单纯地“造房子”，房子就像火柴盒，没有个性。什么楼间距、日照率的考虑都是很牵强的东西。不过这一阶段也已经出现不少好的楼盘，比如第一次引入“建筑师”概念的丹桂花园，又如把自然环境完美融入建筑的九溪玫瑰园等。

当时的市政房产并没有实力开发很大的楼盘，鲁强和员工们找到了另一条发展之路——参与市政工程建设。1996与1997两年，公司致力于市政一公司旧城改造的两大基地建设，即蔡马村基地和皋亭坝基地。由于项目时间紧迫，公司特地成立了基地指挥部，抽调了一批技术骨干攻克建设任务，历经艰苦，团结拼搏，保质保量，如期完成两大基地的工程建设，交出了一份漂亮的答卷，在为杭州市政发展作出贡献的同时，也为自己积累了经验，增强了实力，公司即将迎来第一个发展高潮。

惊世一拍　“第一桶金”

1999年，市政房产在杭州房地产行业投下了一颗“重磅炸弹”。

1999年1月18日，杭州市政府公开拍卖POI号地块（即杭州云裳丝织厂地块），作为杭州土地市场上第一次通过拍卖方式出让的国有土地，当时的起拍价为3636万元。用现在的眼光来看，该地块出让面积不大，整体不方正，地块中间还隔着一条小路，显得比较零碎，但由于以拍卖的方式出让土地在杭州还是首例，所以地块一经推出，还是获得了极高的关注度，其出让公告发布不足一个月，前往实地勘察的房地产企业已经超过70家，最终参加竞拍的也有10多家，这其中就有市政房产。

“参加竞拍，一个是想感受一下拍卖是怎么一回事，另外是想喝头口水。”鲁强在回忆当时的情景时，印象最深的是现场有“两多”：“一个是人多，可容纳300多人的会议厅座无虚席，所有杭州房企悉数到场，场面蔚为壮观；另一个是领导多，闪光灯多，市政府、市国土局、市建设局、市规划局的领导都到场，还发表了讲话。”这宗地块就以举牌的方式展开竞拍，经过10轮竞价，鲁强最终以4100万元的价格竞得，高出起拍总价464万元。“最后一轮，拍卖师说加价50万元，我让工作人员举牌，结果我发现他的手在发抖。”鲁强尤其记得这个小细节。

位于杭州体育场路和建国北路交叉口的杭州云裳丝织厂地块，占地面积为7133.33平方米，按照2.0的容积率计算，最终的楼面价约为2563元/平方米，这样的地段和价格在现在看来是不可思议的，但在当时，这个时下的“地板价”却让许多业内人士

越都商务大厦

咋舌，也因为价格过于超出预期而受到了不少价格虚高的非议。

“来自各个方面的压力非常大。”鲁强说，“因为人们对土地价值的认识和现在完全不一样，之前的土地都是划拨的，可以说是不值钱的；另外一个，杭州的购房者还没有形成房产升值的观念。所以，当时许多同行给我打电话，都说我这块地肯定是要亏本的。”

由于当时市政房产还是国有企业，上面有分管领导，当时的高层领导因为觉得价格太高，肯定会亏损，一定要让鲁强退地，但鲁强觉得商机难得，就算有压力也要开发，常常和领导发生争执。“最激烈的一次，我开着车，和领导在电话里吵了起

来，当时的心情，真恨不得开车冲下来算了！”鲁强回忆道。

最后，鲁强立下了军令状，对于可能出现的亏损，“责任全部自己承担”。鲁强对项目倾注了大量心血，他把项目取名为“云裳苑”，并设计了当时最为优越的方案，使之形成“云想衣裳花想容，精品楼盘在其中”的格局。事实胜于雄辩，鲁强的坚持并没有错，反而为他赢得了事业上的“第一桶金”：一个原因是此后半年，杭州土地市场开始陆续出让宅地，而最终的成交价格不断上扬。2000年，楼盘开始销售，均价在5000元/平方米左右。“200套房子最后顺利卖完了。现在回头去看，应该说当时拿地没有错，因为是先有了这块土地，我们才继续开发了其他地块。”鲁强说。

云裳苑就如一件艺术品般在这座城市中诞生了，它不仅仅是一座建筑，更是人与自然、艺术与人文完美结合的经典。它体现的是一个人在市场大潮中坚持己见、奋勇搏击的干劲和当机立断、谋定后动的策略。它的成功开发，是杭州房地产开发的一个标志，也为后来者竖立了一个标杆，已成为杭州房地产开发史上永恒的记忆。

历经改革　终成“国士”

从1998年7月1日起，我国正式取消福利分房，杭州的商品房也因此迎来了第一个“黄金十年”。那一年，杭州市政府提出了“住在杭州”的口号，开发商也开始以打造自己的品牌为目标，楼盘讲究好的建筑外形、好的配套和绿化，考虑容积率，杭州楼市诞生了桂花城、新金都城市花园、南都德嘉公寓等一大批本土开发商的代表楼盘，引领杭州楼市发展10年。

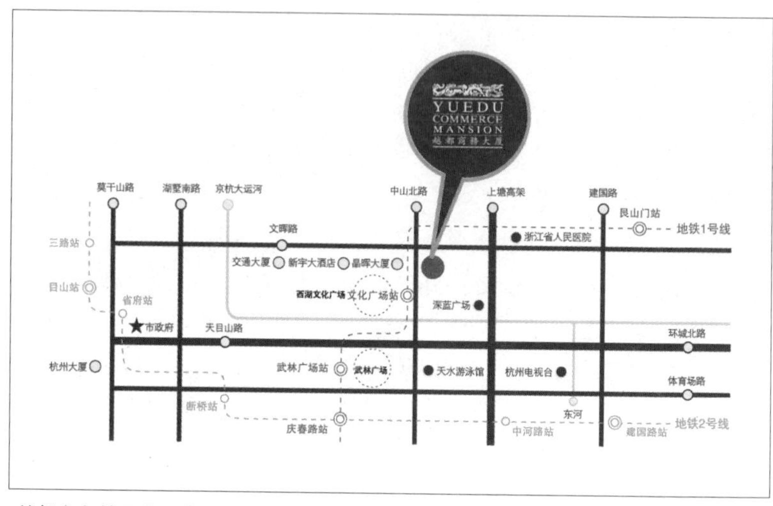

越都商务楼区位示意图

这10年，对市政房产来说，有巨大的改变，也有成功的项目，是继往开来、奋发图强的10年。

2001年，杭州市市政房产综合开发公司在改革大潮的涌动下，也经历了历史性的转折，在那年10月，公司正式完成了从国有企业向民营企业的过渡，并正式更名为杭州市市政房地产开发有限公司。经营机制的转变使得市政房产真正成为产权清晰、风险共存、自负盈亏、自主经营、自我约束、自我发展的法人实体。通过改制，把企业和员工的命运紧紧相连，把责、权、利进一步结合，最大限度地调动了经营者和员工的积极性、创造性和责任心。

改革的成功，为杭州市市政房地产开发有限公司带来了新的生机和活力；云裳苑的成功开发，在奠定了市政房产后续发展的基石的同时，还为鲁强提出的3年中实现“动一备二预三”的

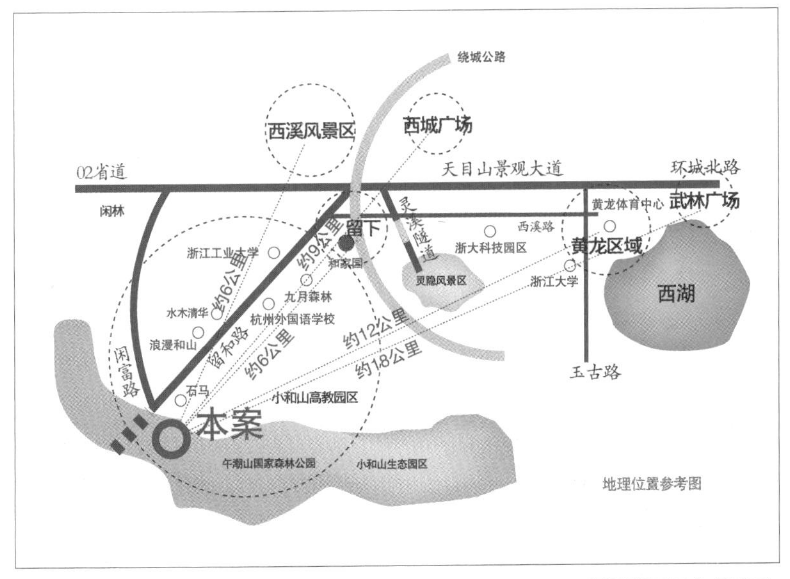

绿野春天区位示意图

连环开发策略提供了先决条件。

在云裳苑还在动工建设之际，公司领导就已经开始着手准备第二个项目——越都商务大厦了。该项目位于武林商圈城市CBD核心区，占地面积10余亩，建筑面积4万余平方米，总高99米，拥有地下停车位100个，总投资达2亿元。为把项目建设成为精品工程，鲁强亲自带领技术骨干们多次赶赴外地考察，从建筑设计到装饰材料的挑选，从项目动工到大厦竣工交付，连物业公司都亲自挑选了杭州绿野物业管理有限公司。鲁强对该项目可以说是倾注了全部的心血，最终使得该项目成为市政房产公司品牌形象的经典之作和标志性建筑，也获得业主及业内人士的一致好评。目前，正在建设中的地铁1号线正好从越都商务大厦周边通过，成为地铁时代枢纽的越都商务大厦又获得了得天独厚的交通优势，鲁强的远见在此再次得到明证。

在越都商务大厦紧锣密鼓筹备之时，鲁强和他的团队便已通过这几年的房地产开发经验清楚地认识到：对于房地产开发来说，开发地块是必须要走且唯一的一条路，是一个连续滚动、良性循环的过程，没有地块，便失去了开发的意义。所以他在“备二”之际频繁考察城市地块，抢占商机，寻求“预三”，通过多方了解与研究分析，最终锁定闲林为下一轮公司房产开发的重点。在确定目标后，公司当机立断征用了闲林里项村500余亩土

上：绿野春天楼型
下：绿野春天休闲廊

地，意在把这片纯生态的绿地打造成一处野趣横生、群山环抱、溪水间流的居住胜地。鲁强将这片孕育着杭州市市政房地产开发有限公司未来希望的地块取名为“绿野春天·翠谷幽兰”，意喻公司未来就像空谷幽兰一样，终将吐露芳华。

绿野春天·翠谷幽兰立项后，公司第一时间组建项目筹建处着手负责该地块的拆迁和建设。由于该地块尚有140余户拆迁户，而拆迁户高于市场数倍的要价使得拆迁工作进展缓慢。但筹建处的工作人员对农居拆迁户晓之以理、动之以情，尽可能做好他们的思想工作，一家家、一户户地取得他们的搬迁同意，最终在2005年，绿野春天·翠谷幽兰项目工程正式启动。

绿野春天楼型

通过两年多的精心建设，这处总建筑面积为15万平方米的新小区正式推出，公司以小区靠近乌潮山国家森林公园的地理优势，打出了“在城西，私藏一座山”的广告语，并以低首付、多户型吸引了大量的购房者。小区整体以“翠、秀、清、纯、幽、静”为主题特色，梦翠苑、滴翠苑、含翠苑、叠翠苑四个建筑

绿野春天一景

群依山就势，高低错落，一幢幢风格高雅、线条简约流畅的住宅建筑矗立于群山环抱之中，真正达到了人景交融、借景寓情的效果，这个具有独特自然环境和人文氛围的理想家园将都市人的梦想变成了现实。

“长风破浪会有时，直挂云帆济沧海。”从2008年开始，杭州楼市第二个“黄金十年”的大幕已经徐徐拉开，杭州市市政房地产开发有限公司经过10余年励精图治，也已进入了一个快速良性发展的时期。在以后的岁月里，公司将继续遵循以人为本的开发理念，坚持“开发一个，成功一个”的经营战略，求实进取。目前，公司正在为下一个开发项目——仁和时代广场进行前期方案设计和报批。我们有理由相信，市政房产经过十几年的艰苦奋斗和经验积累，将会为这座城市创造出一个又一个精品，为城市的现代化建设作出更大的贡献。

（撰文：杨　凡）

同舟共济克时艰
淘尽黄沙始见金

——浙江金龙房地产投资集团

2008年，是丽水房地产行业的多事之秋，“万松事件”、“银泰事件”先后爆发，引来央视《经济半小时》及《南方周末》等知名媒体对丽水房地产市场存在问题的轮番曝光，社会集资户的恐慌情绪蔓延，波及整个丽水房地产行业，对丽水房地产业的健康发展形成很大冲击；同时，受金融风暴的影响，房地产市场形势严峻，不少企业面临资金链紧张、短缺甚至崩断的生存困境。在如此内外交困的局面中，已有15年历史的丽水本土房地产企业——浙江金龙房地产投资集团（以下简称金龙房产）充分发挥了行业排头兵的作用，董事长王岳成在11月25日给丽水地区的各家合作伙伴发了一封公开信，鼓励大家集中精力，积极寻求企业稳健生存、良性发展的办法和对策，同舟共济，共克时艰。

公司概况

纵览金龙房产15年的发展历程，是在困难与机遇之间蹒跚前进的，“在困难面前自信，在机遇面前大胆”是王岳成一贯的行事作风，要想保持企业的持续壮大，唯有不断创新。自1993年创业以来，金龙房产不断超越自我，经历了艰苦创业、聚力蓄势和飞速拓展三大阶段。1997年完成所有制转型，2003年升格为浙江金龙房地产投资集团，2004年获得建设部批准的国家一级开发资质，并在该年度纳税3122万元，毫无争议地名列丽水市纳税大户的榜首，年末资产总额达15亿元人民币。2005年9月，浙江金龙房产名列浙江30强房企的第12位，并于是年12月荣登“长三角地区房企80强排行榜”，还连续7年荣获“银行信用AAA企业”称号。2007、2008年，在中国房地产业协会、国务院发展研究中心等机构联合组织的“中国房地产百强企业”的评选中，金龙房产成功入选。一直以来，金龙房产一直以积极进取、自我超越的精神，保持着高度的使命感和超前意识，在企业内部积极推行创新的文化氛围，不断创新产品，赢得市场先机。目前，公司已发展成为一家总资产超过35亿元，以国家一级资质房地产开发企业为核心母公司的综合性企业集团，下辖浙江中岳、广东广岳、武汉岳华、青岛鲁岳、常熟华坤、安徽黄山市金龙房地产公司等15家子公司，累计开发面积200多万平方米，近3年来年均开发50多万平方米，年均销售20多万平方米，并逐步形成“四片一带”的国内市场战略布局。

公司秉承“平心挣钱、诚信获利、创新产品、和谐共赢”

公司标志性雕塑

的经营宗旨，已成功开发了丽水金龙·怡景花苑、金龙·白云花苑、金龙·绿洲花苑、武汉金龙·岳华四季阳光、青岛金龙·鲁岳梦境江南、常熟金龙·华坤湖畔现代城等一系列高品位住宅小区，广东金龙·清远商业文化中心、安徽金龙·黄山徽派仿古一条街等大型综合商旅中心。2008年，金龙集团正倾力打造丽水南明湖两岸，总建筑面积38万平方米的“一江双城”——金龙·东方明珠和金龙·蔚蓝水岸。位于省城杭州钱塘江畔的金龙房产新总部——浙江金龙大厦也正在如火如荼地建设中。

“八字”精神

管理大师彼得·德鲁克说：“创新就是创造一种资源。”在核心竞争力时代，企业的人才是创新的动力所在，也是别人无法模仿的核心资源。金龙房产在管理上一直秉承“以人为中心”的原则，尊重人才，培养人才，激励人才。一方面在公司内部强调全员学习，创建学习型组织，不断加大员工的培训投入，鼓励员工去学习深造；另一方面建立完善的激励机制，为员工搭建发挥能力的舞台并倾富于员工，锻炼出了一支斗志昂扬、精诚合作的团队。

金龙房产是一个备具活力的组织。“持续学习，勇于创新”是金龙房产始终贯彻秉持的信念。公司经过多年发展，逐渐形成了“亲和、创新、实力、品质”的核心价值观。

亲和：注重人性关怀，把业主看作是企业的终身合作伙伴，真诚以待，用心服务，使业主满意；把员工作为公司最宝贵的财富，创造良好的工作环境，使员工能施展其所长；倡导团结协作的精神，使公司保持其乐融融的大家庭氛围。

创新：紧随市场发展趋势，不断提高企业的适应力和竞争力，奋进向上；保持持续改进的工作态度，敢为人先，通过产品创新、技术创新、服务创新和管理创新等，促进企业的持续发展，始终保持领先地位。

实力：作为丽水实力最强的房地产开发公司，金龙房产拥有10余年的房产开发经验、雄厚的自觉实力和专业的人才；在开发项目的过程中，通过推陈出新，为业主提供优质产品的同时，企业自身也在变得更加成熟和富有经验。

品质：为业主提供一个完美舒适的空间是企业对产品质量

浙江金龙房地产投资集团

的终极追求。在项目建设中，努力追求每个细节、每一道工艺、每一种材料的极致，精心布置每处景观，打造优良的建筑品质，营造和谐自然的居住环境。

遍地开花

杭州·钱江MOHO

2008年3月1日，浙江中岳房地产开发有限公司在杭州投资兴建的住宅大盘——金龙·钱江MOHO正式开工建设。

金龙·钱江MOHO地处秋水路与腊梅路交会处，踞滨江区核心地段、钱江南岸绝版地块，毗邻滨江区政府而建，项目占地

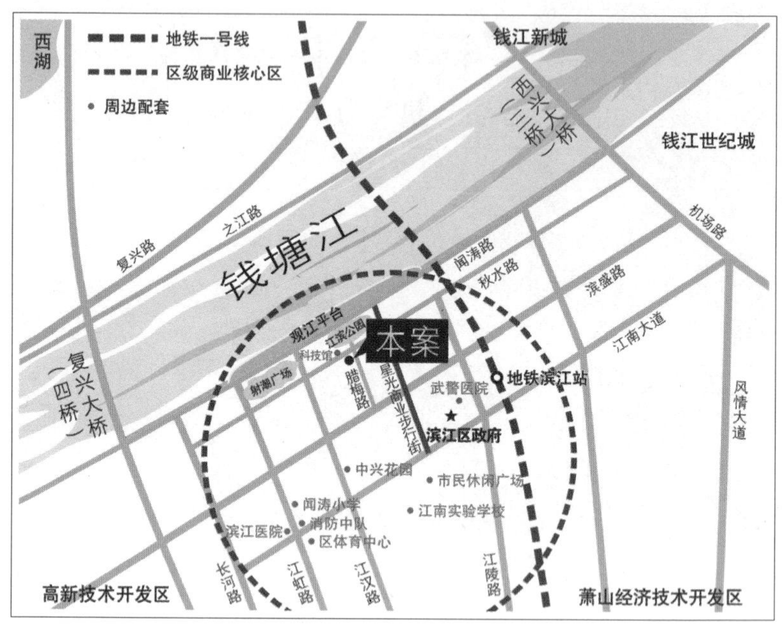

金龙·钱江MOHO区位示意图

面积约1761.5平方米，总建筑面积约46837.14平方米，占据了大杭州的中心位置，是“钱塘江时代”最繁华的中心区所在，同时毗邻滨江区政府，配套十分成熟。钱江三桥、钱江四桥、星光大道、江南大道等多条杭州城市交通主动脉以及建设中的地铁1号线分布该项目四周，交通四通八达，是城市未来的政治、经济、文化、生活中心所在。

“MOHO”是“SOHO”产品的升级版本，打破了传统商务办公的模式，重点突出专属、舒适、私密、便捷、效率等功能。它将多功能、办公、生活、商住四重属性融合于一体，通过酒店式体贴细微的管家服务，它既可以为商务人士提供舒适、时尚的办公空

金龙 · 钱江MOHO精装图

间，也可以为外籍专家、尊贵阶层、行业领袖提供豪华而不失优雅的社交空间。金龙 · 钱江MOHO项目1—5层为商业配套，将融合金融、餐饮、休闲、娱乐、会议等多种商务配套，11—28层则为酒店式办公区域，融合了商务、办公、投资等多种元素于一体，以完善的商务配套，带来高效的商务办公新体验；与知名品牌物业管理公司的倾力合作，更将为业主带来全方位、专业化的星级服务，全方位满足商务所需，拎包即可入住。同时，该项目兼具“自用”与“投资”功能稀缺的价值，领袖杭州“钱塘江时代”。

金龙 · 钱江MOHO在设计时汇聚了知名设计师的智慧，为业主量身定制奢华的精装修空间。从家具、家电，到餐具、毛巾、床上四件套等生活用品全部配送，充分满足高效、便捷的都市生活模式，拎包即可入住；室内配置均采用高端品牌，将品质的细节延伸到每一个地方；知名品牌物业管理公司以全方位、专业化的态度，为业主提供24小时的五星级尊贵服务，营造出顶级的生活品质，让业主在点滴处感受到尊贵的身份认同感。

项目周边，衣食住行文教卫等配套设置一应俱全：医院有

金龙·钱江MOHO效果图

武警医院和滨江医院（在建）；学校有杭州市闻涛小学、浙江省劳动和社会保障干部学校、滨江高教园；商务业态有兴耀大厦、康恩贝大厦、苏泊尔大厦、雪峰银座、萧宏大厦、钱江大厦、高新技术园区等；休闲区块有射潮广场、市民休闲广场、江汉路夜市；出行则有多路公交车，一站式轻松直达吴山广场、延安路等

市区繁华地段，同时建设中的地铁1号线滨江站近在咫尺，触发了地段价值的飙升。

不仅在杭州，近年来，金龙集团在全国各地的子公司开发出一批优秀的房产项目，充分体现了创新的原则。

武汉·四季阳光

项目位于岱黄高速公路和川龙大道交会处，东靠黄陂六中和技术学校，南临板桥大道，距竹叶山仅30分钟车程，地理位置优越，交通便捷。项目由43栋多层住宅、5栋小高层住宅、多功能休闲会所、幼儿园等组成，占地面积约10.67万平方米，总建筑面积16万平方米，绿化率近40%，建筑风格导入江南园林设计风格，楼盘点缀于层层绿地，潺潺流水以及凉亭小景之中，在户型设计时充分考虑到客户对居住品质的要求，采用“四明”设计，即“明厨、明卫、明厅、明房”，小区整体简洁、明快，生态景观丰富，成为了黄陂首席人文、休闲、生态高档社区。

丽水·怡景花苑

项目位于丽水市花园路以东，宇雷路以西，新山以南，新大街以北，周边交通便捷自如。项目总用地面约10万平方米，总建筑面积约13万平方米，建有20幢多层住宅、6幢高层住宅、1个会所、1个幼儿园，是丽水至今为止规模最大、配套最完善的高档社区。建筑总体采用浅色调，与大面玻璃完美结合，通透轻盈；立面和型体设计，采用简洁处理手法，高雅、清新；南向起居室采用大面积落地玻璃形成阳光室，温馨亮丽；在丽水地区率先采用非接触MAS智能化管理系统、电子对讲系统等，使业主轻松享受高科技带来的便利生活。

丽水·白云花苑

项目位于丽水市北端，浙江省级森林公园白云山南麓的冲积平原上，西靠中山街延伸段，南临北外环路，距丽水市中心约3公里，总占地面积24.2万平方米，总建筑面积约11.9万平方米，建有独立户型、双联户型、多联户型、山地公寓四类住宅。园内含山纳水，建筑或依山而建，掩映在绿荫深处，或临湖而设，迎着粼粼波光，风景优美，设计优雅，并用重金打造智能化系统，精心打造星级会所、超大健身场馆以及环境优雅的茶吧，以精致的配套完美承载尊贵生活。

丽水·绿洲花苑

项目位于丽水市行政中心西侧，城北路以南，北苑路以西，大洋路以东，人民路以北，毗邻处州公园，有健身会所和幼儿园等配套设施，交通便利，环境优雅。小区的建筑和景观分别由香港王董国际和泛亚国际全程担纲规划设计，设计主张居者至上，具体被诠释为人本、真生活状态的核心，并以此作为实践“国际新生活”的起点。小区以丽水地区第一个AAA级国家康居示范工程（国内最高舒适度住宅标准）为目标，整体设计与周边环境相协调，既满足建筑设计规范，又能最大限度地满足人性化规划理念要求，并能合理控制容积率。住宅单体设计户型动静分区合理，通风良好，利用率高，室内空气清新。

安徽·黄山徽派仿古一条街

项目位于徽州文化园的对面，紧邻205国道，交通便捷。规划总占地面积约73万平方米，总建筑面积22万余平方米，容积率仅0.3，绿化率高达64%。小区内山水一色，鸟语花香，清新自然。在建筑设计上因地制宜，多采用白墙、黛瓦、马头墙等典型徽派建筑符号，自然间流露出一种古典之美，与当地浓厚的人文氛围巧妙结合。细节上色彩追求黑白灰的对比，整体上轮廓线清晰明朗，与青山绿水完美呼应，形成一道别致的风景线，是黄山首个湖山合一式的大自然森林社区。

广东·清远商业文化中心

项目位于清远新城东1号区，连江路与人民路的交叉口，交通四通八达，是清远的经济、文化、行政中心区，建筑总面积51952平方米，占地面积46173平方米，拥有743个铺位，180个自由停车位，11台电梯和7个大进出口人流通道，有能力接纳大规模的人流，空间设计采用复式结构，一、二层可加设阁层，大大增加了利用空间。商场南面有1.35万平方米的清远最大的室外休闲景观广场，设有清远最大的音乐喷泉，共有1888个喷头。商场中央还有一个圆形水上舞台，定期或不定期在此举行大规模商业活动、庆典活动，聚敛人气。

综合来看金龙房产开发的楼盘，不论是在浙江的杭州、丽水，还是在广东清远、安徽黄山、山东青岛、湖北武汉，金龙的品牌和品质均已被高度认同。2008年3月，金龙房产开发的金龙·怡景花苑以其良好的设计施工和节能环保及优质的物业管理和广泛的住户满意度，最终以“江南城市宜居适用住宅的典范”的专家共同评价赢得全国仅有109个楼盘获奖的全国行业最高奖项——首届中国“广厦奖”，这是对一个房地产公司最好的褒奖。

热心公益

创业初期，尽管起步艰难，资金短缺，但以王岳成为首的金龙人仍怀着一颗助人为乐的心，少则几十元、上百元，多则上千元，帮助社会上需要帮助的人；在企业发展壮大之后，更是不忘家乡和父老乡亲，关爱百姓，关注民生，积极主动地参与社会公益慈善事业，尽最大努力回报社会，奉献爱心。据不完全统计，10多年来，王岳成用于社会公益慈善事业的款项已超过4000万元，仅2007年他就向丽水市慈善总会捐款800多万元，在首届丽水慈善大会的捐赠排行榜上名列榜首。

2007年，金龙房产与丽水市关工委共同设立了2000万元的“王岳成奖学金”，用于长期帮助贫困家庭的学生完成学业。对于奖学金的设立，王岳成指出，对优秀学生及贫困生的资助，是对以往优异成绩的肯定，更是对他们未来的鞭策，贫困是一种经历，这种经历能够锻炼人的意志，很多成功的人士也都是从贫困中走出来的。他告诫学生在困难面前要自信、自强，相信困难总是暂时的，勇敢地面对人生挫折。他还呼吁学生们完成学业，走上社会后，一起参与爱心接力，真诚地去帮助别的需要帮助的人，将爱心助学像奥运火炬接力那样一棒一棒传递下去。2009年9月，他又资助景宁畲族自治县25位贫困生，资助金额达8万多元。

王岳成还在广东清远捐建希望小学，在青岛资助文化设施建设等等。随着金龙房产事业的拓展，他的爱心义举范围不断扩

大，不论是街道、社区、居民、乡村农民还是武警、消防部队，不论是有困难的干部、职工还是乡村建桥修路、社区开展活动，凡是上门求助，他都会热情接待，慷慨救助。2008年2月，他被评为浙江省第二届“十大慈善之星”，6月被评为“中国十大教导型企业家”，7月又荣膺“第七届浙江省优秀创业企业家”称号。2005年，王岳成当选为丽水市第二届人民代表大会代表。

我们以一首诗来作结语：

一幢幢昂然屹立的房产
见证了金龙创业者的光荣和梦想
经过了风吹浪打，阴晴圆缺
我们学会了微笑面对人生
无论步履匆匆，风雨兼程
我们奋勇拼搏，升华每一次梦想
无论业绩显赫，成就辉煌
我们不骄不躁，兢兢业业
在坚如磐石的基础上
金龙为客户筑造梦想家园
如果说经济繁荣的浙江是一片恣肆的汪洋
那么金龙就是扬帆万里、劈波斩浪的旗舰
向着风险和机遇并存的彼岸
迎着新世纪的朝阳
起航……

（撰文：杨　凡）

为城市创造美丽
为社会创造财富

——绿城房地产集团有限公司

1985年，一个还不到30岁的年轻人在舟山党校做老师，负责给党政干部上历史课。有一天，校园里面有一株桂花树开花了，发出非常浓郁的桂花香。这位年轻的教师对在座的学生们说："大家都看到了桂花开，也闻到了桂花这种非常独特的怡人的香味。其实生活的美好是大家可以创造的，只要大家多种一些桂花树，我们的生活里面就会多一些桂花的清香。"

或许谁也不曾想到，在此后的20多年里，这位教师又在哲学层面再次表述了这个意象。他，就是绿城房产的老总——宋卫平。

桂花：绿城人文理想的独特象征

在宋卫平的眼里，桂花是一种有形的东西，但其香味是无形的；正如同地产的开发过程中，不仅要对

房产品进行有形的界定，对无形的境界也应该有所理解和追求。“我们既要做地产的理想主义者，同时是有行为和能力的现实主义者。”宋卫平如是说。

董事长宋卫平

1987年，宋卫平从党校辞职下海，在珠海一家电脑公司供职并一直做到老总，1994年回到杭州开始房地产创业。作为杭州城西地区最早的开发商之一，在1995年一年之内，宋卫平就在杭州开发了丹桂花园、金桂花园、银桂花园、丹桂公寓、月桂花园等项目，初步奠定了绿城在浙江的品牌房地产地位。随后开发的桂花城更是被誉为国内多层住宅的巅峰之作。这一成功使宋卫平对桂花更加情有独钟，以至于有好事者把宋卫平喜欢的“桂”字拆解开来，认为“桂”字正好由一个“木”和两个“土”字构成，暗合了建筑物中最主要的两种材料。

虽然桂花是宋卫平和绿城人文理想的独特象征，但是房地产开发显然不至于如此简单。因为房子与其他产品最大的不同就是它几十年，甚至几百年都与人类相伴。面对这样的特点，房地产开发者容不得半点急功近利。用宋卫平自己的话来说，十几年前的房地产开发，由于缺乏经验，尤其缺乏历史的眼光，很多建

绿城·杭州桂花城

筑过不了几年就落伍了，而买房的人也不愿再住了。如果我们以急功近利的姿态来开发房地产，损失的不仅仅是经济，更是对人类文明的亵渎和毁弃。古今中外的优秀房产品无一不是人类精神文明的积淀。因此，我们造房子，必须具有强烈的历史责任感、深切的人文关怀。

2000年，宋卫平又在一次演讲中对房产品的本质进行了新的阐述。他认为，房产品是文明和艺术的载体、结晶和创造，房产品是个躯壳，文明是它的灵魂，艺术是它的容貌。2001年，宋卫平又提出住宅园区应该努力实现人与人、人与自然、人与自我的精神世界和谐相处，实现住宅园区的安定、美好，这是评价房产品品质的标准，也是绿城房产开发的核心理念之一。

秣马厉兵　超越自我

客观地讲，宋卫平应该是中国最早摆脱“建筑躯壳”阶段的开发商之一。“不羁于一砖一瓦的建筑几何形态，最大限度地追求建筑艺术的自身品格；不羁于一金一银的资源整合成本，最大限度地追求完美的精神享受空间。”他不仅仅是在开发建设这一平台上完成资本运作，而是尝试大文化概念意义上的运营，以承接历史与未来、物质与精神、自然与人类并使之达到和谐完美。

这一点从绿城在杭州、上海等地开发的项目上得到了集中体现：为了构思绿城集团目前在上海一个200万平方米别墅项目的定位，宋卫平两年里跑遍了美国、欧洲及澳大利亚，有的设计谈判历经九轮仍然没有定论。其主要原因是没有找到上海的根。他需要西方经典建筑意象与上海上世纪二三十年代的老花园洋房文脉契合、风格融通的作品，这只能靠创作，而不是“拿来”。他认为，房地产开发商存在的价值和意义除了提供就业机会，创造社会财富，更重要的是，还要看他给城市留下了怎样的作品和思想，给人类文明带来了什么。

房产品是文明和文化的载体，是艺术的创造和建设者生命价值的体现，是体现人与自然、人与人、人与自我和谐统一的安定、美好的人居空间。房地产开发必须怀有强烈的历史感和深切的人文关怀，那是美丽的一种彰显，生命的一种延续。而真正使绿城成名的作品是1996年开发的九溪玫瑰园，其优越的自然环境和精美的建筑使其成为国内别墅开发的经典佳作，国内房地产界从这个作品开始了解绿城。而绿城却在不断地超越九溪玫瑰园这一“自我”。

绿城·上海玫瑰园

10多年来，绿城一直以“真诚、善意、精致、完美”为核心价值理念，以“为员工创造平台，为客户创造价值，为城市创造美丽，为社会创造财富”为企业使命，不断创新和丰富城市住宅业态，提升人们的居住品质，改善人们的居住环境。

绿城房产品能够从每一项关系到居住者日常生活的功能细节和品质精致程度上，解读出一个民族或城市的时代精神和文明水准，创造出城市的美丽，并将成为未来文明的见证。绿城力求使自己的规划在空间感觉以及视觉识别上与周边建筑和谐，尽量使原先不合理的布局显得合理。这种高品质的社区优化了城市区域环境，为改善生态和提升人们的居住品质作出了贡献；这些建

绿城·北京御园

筑将为未来的建筑留下人文、社会经济、生活模式、生活状态等全方位的信息，为历史留下见证。

不管从房产品还是服务上，绿城始终植根于对人类建筑史上最优秀的艺术成果的进一步了解，总是从居住者切身的生理、心理健康需求入手，提升住宅居住品质的内在因素。在绿城看来，房地产开发商应该努力创造出既适合当代人居住，又具有深厚文脉的建筑作品，要给城市留下新的思想，给人类带来新的文明。在绿城抵达的每一个城市，一个个原本普通的住区被转变为新颖特殊的迷人空间，人们的生活也因此变得健康、愉悦和幸福。

贡献与传承

从绿城对杭州房地产的贡献而言，具有众多开创性的意义。比如杭州丹桂公寓以低层、低密度、低容积率、高绿化率的规划设计理念开创了杭州舒适型公寓的先河，杭州九溪玫瑰园因对自然山水的尊重和与环境相和谐的建筑风格而成为杭州的一张人居名片，杭州桂花城的建成则被誉为新江南建筑的代表作而广为业界模仿，杭州春江花月因对城市人文与自然景观的应和与交融而成为杭州临江住宅的典范之作，杭州桃花源以陶渊明的桃源理想为蓝本再造了一个具有人文意境和现代理想的居所……绿城产品所体现的是对每一座城市文明的尊重、融合与传承。

绿城·杭州春江花月

2005年以后，绿城在公寓、别墅、写字楼、酒店等产品线外，又增加了以北京御园、杭州留庄为代表的平层官邸系列产品，以杭州翡翠城、青岛理想之城为代表的超大型居住区，以温州鹿城广场为代表的城市综合体等系列产品线，丰富的业态使城市住宅更多元化、更美丽，也使人们的居住更舒适、更美好。

绿城相信，每一个园区的

营建，就是在改变一个国家、一个社会、一个地区的种种，使它更符合一种美好的愿望与理想；绿城将创造的园区当作生命的转移，绿城的价值、精彩、精神、文化，经过砖瓦，经过花草，经过建筑规划设计，经过服务，将转化为一个个有形的园区，那是美丽的彰显，是生命的一种延续。

近年来，绿城集团积极实施跨区域发展的战略，项目遍布上海、合肥、长沙、郑州、新疆等地，在南方开发商纷纷北上之时，宋卫平也将目光投向了北京。2003年5月，一个总占地面积56.8万平方米的大型住宅项目——绿城·百合公寓在北京房山正式启动。项目坚持绿城一贯的高舒适度标准，一个例证就是作为容积率低于1的郊区低密度住宅，项目的地下车位配比竟达到60%，园区的品质得到极大的提升，开发成本却大大提高。基于对产品的信心，绿城·百合公寓将准现房开盘。此项目以其远远超过周边项目的高品质，宣告房山住宅开发新时代的到来。同时绿城集团在北京积极地进行项目拓展，即将开发的项目还有数个，预计未来几年内北京将成为绿城集团最重要的发展区域之一。

不断扩大的绿城也为增加社会就业机会创造着条件，目前，已有2600多位人才在隶属于绿城集团及下属各公司中发挥着智慧能力。绿城以人为本，始终把维护员工的身心健康和生活幸福作为和谐企业建设的重要内容。多年来，公司不仅严格遵守法律法规，保障员工的各项权益，还特别注重尊重员工，通过各种规章制度，构建起企业内部和谐的劳动关系。在工地现场，公司对施工人员除了应有的安全和劳动保障外，还专设有保障身体健康等的物品和设施。公司不仅使员工均享有养老保险、医疗保险、失业保险等各种福利，还积极举办各种文体活动丰富员工精神文化生活，关心员工生活。

作为一家具有强烈社会责任感的企业，绿城始终把培养优秀的员工作为企业运作的首要目标。在绿城的企业理念中，员工始终是公司的第一产品，是工作成果的享有者，因而公司一直致力于创造良好的发展环境，促进员工的全面发展，经常对员工进行各种技术与专业的培训。在“不唯学历、不唯资历”的人才选拔机制下，年轻员工在绿城得到了有效的锻炼，迅速成长为适于企业发展，能为企业带来贡献的专业人才。

翡翠印象：宁静的奢华

一部电影《非诚勿扰》，向全世界展示了西溪湿地的醉人美景，也让紧邻约10平方公里西溪国家湿地公园的绿城·翡翠城再次成为关注的焦点。如果说西溪湿地是杭州的一颗明珠，那么翡翠城就是西溪湿地旁一块名副其实的翡翠。作为杭州罕有的集多种功能于一体的现代大型城市社区，翡翠城如同一个悠长岁月

绿城·北京百合公寓

中自然形成的聚落小镇，翡翠城那些不同的建筑组团让你感受时光的交错。透射手工质感的建筑，带有悬念的景观，150万平方米花园式社区，让时间渐渐慢了下来……

用“春色满园关不住”形容如今的翡翠城一点也不为过。初次来到这里的人们，会被各种各样的灌木、乔木和草种所吸引。很多树木上还挂着一块块精心制作的说明书，方便业主更了解身边的树木。在多层公寓示范区部分，光是植物的品种就有80多种。翡翠城景观设计师介绍，植物的品种比一般的小区多，能保证业主一年四季都能看到赏心悦目的景色。

作为住宅，整体规划与布局固然重要，但细节也不能忽视。在翡翠城中，每一户阳台护栏外都挂有铁艺花篮，缤纷的小花在细雨中显得格外惹人喜爱。据悉，房屋交付以后，物管会统一分发花籽给业主，需要业主自己动手管理。这是一

绿城 · 合肥桂花园

绿城·杭州翡翠城

个很小的细节，但令人极为感动，居住在这里，原先陌生的邻里之间可能会因一盆小花的生长问题产生交流，变得熟识起来，在这样的氛围中生活无疑是愉悦而美好的。

除了交通配套的推进，在商业和教育配套上，翡翠城也是不甘落后。西溪沃尔玛已于2008年底正式启动，翡翠城风情商业街和5万平方米的翡翠天地（社区商业中心）也在2009年陆续招商启用；而“西溪国际城市综合体”规划的推进更是一个举足轻重的城市发展信号，这是一个以金镶玉为灵感，规划面积36平方公里的杭州城市西部整体规划。同时，绿城育华翡翠城幼儿园2009年9月1日也正式开园了，这个幼儿园无论硬件还是软件都堪称是杭州乃至整个浙江省最好的。这些配套的完善提升了整个楼盘的品质，也更加坚定了购房者的信心。

生活品质包含方方面面的内容，单说人居生活这一方面，最具代表性的可能就是绿城，而翡翠城又是特别能代表绿城的一个社区，这里既有升级版的桂花城、春江花月等绿城经典作品，也有地中海庭院洋房、法式平层大宅、法式排屋等绿城近几年的创新力作，汇聚了绿城各个时期、多种类型的经典之作。有不少客户正是在比较了诸多物业之后，深感翡翠城在吸收美式风格的同时，洋为中用，很好地与美丽的杭州相融合。而翡翠城自开发以来的理想蓝图已部分地呈现为美好生活。在触手可及的未来，购房者也愿意把家安在翡翠城，从而能更好地享受品质生活。相信这将是他们一生永不后悔的抉择。

现世中的桃花源

“结庐在人境，而无车马喧。问君何能尔，心远地自偏。采菊东篱下，悠然见南山。山气日夕佳，飞鸟相与还。此中有真意，欲辩已忘言。”这是一位绿城桃花源居住区业主在网上的一段留言，东晋大诗人陶渊明曾在诗中描绘的令无数人向往的美好生活场景，在桃花源居住区已然成为现实。这是绿城视产品为生命，致力于提升生活品质，创造城市美丽理念的又一次完美释读，是绿城一直以来所不懈追求的人文理想与气质的再一次精彩呈现。

“我总希望能够给这个城市，给这个社会多少要留下一些什么来。”宋卫平曾这样动情地说。作为国内知名的房地产公司之一，绿城集团自创业以来，在孜孜不倦专注于开发优质系列城市住宅产品的同时，始终以宽广的视野与胸怀，以及强烈的社会大局意识，投身于社会教育、体育、医药卫生、文化传媒、公益

绿城·杭州桃花源

等事业中，用实实在在的行动承担起了企业的社会责任。

近年来，绿城对教育的投资比例正变得越来越大。但宋卫平公开表示，他从未想过把教育做成绿城集团的又一利润来源。或许他只是认为作为教育的受益者，有责任将一些投资收益用于教育领域，回馈社会；或许只是想尽自己所能地改变一个国家、一个社会、一个地区的种种，使得它更符合所谓知识分子的一种理想；又或许他正在期待着，会有另一个老师指着窗外的桂花，对他的学生诉说着新的哲学……

（撰文：姜子亮）

专业构筑品质生活
科技引领人居未来

——金都房产集团有限公司

1995年10月，金色阳光照耀着杭州市文三西路那个叫金都花园、建筑面积达5万多平方米的住宅小区。感受着小区里幽雅的空间与清新的绿色，许多习惯了单位分房的杭州市民开始掏自己的腰包。而那个令他们心甘情愿掏腰包的人，名叫吴忠泉。

如今已担任杭州市政协委员、民建杭州市委常委、金都房产集团有限公司（以下简称金都房产）总裁的吴忠泉，凭着扎实的专业知识和对市场的预测能力，从起步就追求楼盘的高品位，讲究规划与设计，逐步形成自己的风格，最终在激烈的市场竞争中站稳了脚跟。从金都花园的“四大舒适工程”风闻杭城，到金都新城获得“西湖杯”建筑质量奖和新金都城市花园获5个国家级大奖，他以打造精品楼盘闻名于业界。2004年，吴忠泉荣获“CIHAF十大房地产风云人物”称号，在颁奖礼上，他提出了打造“和谐房产”

总裁吴忠泉

的概念。也许，这是他勾画的又一片新的人居天堂。

曾经在审计局工作的吴忠泉，1994年选择投身房地产开发，创立了目前在浙江乃至全国都颇有名气的金都房产集团。说到选择房产的初衷，他认为，一方面缘于自己对建筑行业的热爱，另一方面因为对从小生活的城市——杭州有种特殊的情结。因此，自金都房产成立，吴忠泉就确定了整个企业发展的根本准则为“专业构筑品质生活”，只有专业打造，才能做出好的产品，才能建造出既贴合当地城市文化又兼顾消费者需求的作品。

作为一个房产开发企业的领头人，吴忠泉深知企业担负的

责任重大，因为房子不是普通商品，而是许多人居住多年甚至一辈子的港湾，房子关系到所有业主的人生质量。因此，吴忠泉一直提倡：没有明确而强烈的社会责任感，没有承担这一责任感的能力，就别去开发房地产。

面对越来越激烈的房产市场，定位企业未来的发展道路是一项艰难的抉择，吴忠泉最终选择了走科技住宅的道路。从1996年提出“绿色房产”概念，捧回杭州市首个建筑工程质量“西湖杯”，到1998年开发以“50年不落伍，全新打造新一代住宅”为亮点的新金都城市花园，“金都的房子质量好”的口碑传开了。

志学之年　百年人居

子曰：吾十有五而志于学，三十而立。人到了15岁被国人称为“志学之年”，即开始立志于学习的年龄，预示着逐渐成熟并明确发展目标。如果将企业的发展与人的一生相比，发展至今已15年、将辉煌百年定为目标的金都房产正好处在人生开始塑造未来这一“志学”的转折点上。从蹒跚初创到明确定位，从塑造品质到赢得口碑，15年的风风雨雨对金都人来说既是一种荣誉，值得骄傲，也是一种激励，催人奋进，所有的经验、所有的成就都值得去总结，最终成为企业宝贵的财富积淀。但对于立志成为“百年企业”的金都房产来说，15年只不过是企业历史上短短的一瞬，揭过这一页，更为辉煌的未来就在前方，15年来所积累起来的资金技术、专业水平、整合能力、社会资源以及不断提高的认识水平、思想水平，为未来的几十年打下了坚实的基础。金都房产在自己的“志学之年”，以自成体系的价值观、发展观和人居观，为企业今后的发展明确了塑造“百年人居”的方向。

金都·蓝湾国际（厦门）实景图

“百年人居”指人居环境的建设是百年大计，其理论、思想可以指导金都房产发展的百年战略。人居环境不是一句口号，更不是一种装饰，而是由吴良镛先生提出的建立在与社会、经济、自然、文化和谐发展基础上的一整套建设体系；它的手段是建设，但它的目的是与社会和谐，为人类服务，并且是可持续的，永远能为全人类服务的。金都房产提出“百年人居”，这说明金都房产的发展战略在发生转变，不是把房地产开发的目的简单地定位在“多造房、造好房”等目标上，而是以人居环境的理念、思想指导自己的开发行为，把房地产开发的高度提升到社会的高度，融入整个人居环境建设中。

用人居环境建设的理念来统帅金都房产的开发行为，这是一种必然趋势。作为一个开发者，所追求的目标无疑是所开发的产品能不断满足消费者的需要，但房产品是一种特殊的产品，其消费行为绝非是简单的购房者一人的行为，也就是说，房产消费具有泛化、社会化甚至历史化的倾向，从某种意义上说，是全人类的消费品，是好几代人的消费品。正是因为具有这样的特性，所以对开发商的要求就不一样。而人居环境建设的理论正是建立

金都·夏宫商业楼效果图

在可持续发展的基础上，倡导建设与社会、自然、经济、文化等全方位的和谐，其宜人的人居环境泛化为以人为本的大人文环境。过去，金都房产作了各种努力、各种探索，归根结底也就是使各个方面符合人居环境建设的要求。如果说过去是自发的行为，那么从现在开始就是自觉的行为，这是一种必然。

然而，金都房产对自己的定位不是人居环境的理论研究者，也不是人居环境的思想传播者，而是人居环境的实践者、实施者。金都房产的人居观是建立在消费者可感、可知、可用的基础上，是通过自己的开发不断地为推进中国人居环境建设作出贡献。从这方面

金都·杭城（北京）实景图

讲，金都房产对人居环境建设的重视从1994年就开始了。而人居环境建设方面所取得的成绩也已经得到了社会的广泛认同和肯定。金都房产是一个实干家，什么都敢做敢为，这就是金都房产的特点，也是金都人居观一个重要的方面——以行动说话。

目前金都房产在人居环境建设方面的最大贡献主要体现在四个方面：

一是科技

科技应用于住宅，这是谁也阻挡不住的趋势，也是人类文明进步的象征。但科技应用于住宅，必须有一个过程，而金都房

产无疑是推广这一过程的先行者。无论是新金都城市花园，还是金都景苑、金都华庭、富春山居，金都房产都十分注重科技的应用，通过各种住宅科技的整合，为消费者提供越来越先进的住宅空间，特别是金都华府。金都房产更希望用科技的手段全面提升住宅的舒适性，所以金都华府是国家级的科技示范工程。

二是人文

金都房产对住宅文化的重视也是一贯的传统。文化有传统文化和现代文化之分，但不管是什么文化，首先应该是地方文化与所处的城市性质相吻合。如果忽视了这一点，则杭州将不再是杭州。所以在金都华府的开发中，金都房产提出了居住文化的地方回归以及环境设计追求“讲述的是杭州故事”的意境。文化环境是人居环境中极为重要的一部分。

三是品质

品质是一个综合的指标，但其前提是专业的保证。金都房产以专业构筑品质生活为理念，这几年一直在强调从业人员的专业水准和房产品建设过程中的专业标准。金都房产的任何一个项目的开发，在定位上都是引领时尚的精品楼盘，而每一个楼盘的建成，在品质上也得到了消费者广泛的认同。

四是服务

开发商要做的第一件事当然是开发，但目前开发商更要做好的就是服务。金都的物业管理是金都房产品牌的重要组成部分，同时，一切为了客户，回报社会，为社会做有益的事也是金都房产品牌中不可缺少的部分。在金都华府的项目中，天长小学

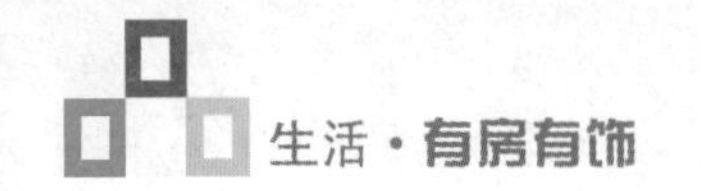

分校的投资兴建就是一大例证。金都房产目前正是通过这四大方面在充实人居环境建设的内容。

提升品质　推进销售

进入2009年后，金都房产集团进一步明确方向，提出“提升品质，推进销售”的对策，先后在杭州、武汉、厦门召开项目联动会议，部署具体的“确保投入，进一步提升产品品质”的计划，把产品品质的提升作为推进销售的突破口。如杭州的城市芯宇一直在追加项目投入，单是幕墙玻璃，其投入就达1.9亿元，这数字相当于过去总建筑的土建造价。按照金都集团吴忠泉总裁的话来说，正由于客户知道这样的信息，才对金都房产拥有信心，否则城市芯宇的销售根本无法稳步推进。

综合金都房产集团旗下的五个旺销楼盘，都具有“市场定位准、产品品质优”这样的特征。事实上，这些项目的定位都在2005—2006年之间，当时全国的房地产形势一派大好，这为金都房产较高地定位自己的产品创造了良好的空间。“金都的项目都必须在当地城市、当地区域成为最具品质的项目”，正是在这样的方针指导下，金都在北京、武汉、厦门、杭州、嘉兴等地的项目都是高品质的定位。如嘉兴的金都佳苑，当时房价水平每平方米在4000多元，而金都房产提出“要造每平方米12000元价值品质的房子”；厦门的蓝湾国际，当时周边楼盘的价格每平方米在5000元左右，金都房产同样提出“要建造每平方米本身就值10000元的房子”；武汉的金都·汉宫，金都房产更是提出了“武昌第一、武汉第一、品质第一、金都第一”的目标。正由于这样的定位，加上对住宅科技的重视，高舒适、低能耗，金都房

金都华府（杭州）实景图

产吸引了众多追求高品质生活的客户。

作为全国性的房地产企业，金都房产集团非常注重集团的品牌和整体运作，项目联动，互相竞争，形成了金都房产的运作特点。金都房产给每一个项目下达年度销售指标，与往年不同的是，2009年集团总部明确提出“年初当年末用”的精神，各项目之间进行销售竞争，每月比，每旬比，每周比，甚至每天比，终于迎来2009年首季销售传喜讯的局面。

房地产开发企业，最容易被看作“空手道”，没有自己的专利，没有相当的技术阵容，没有生产线，但并不妨碍它是一家正常的房地产公司。房地产公司每个项目都是限量生产，且不能像其他商品可随意流动，房产品一旦完成，寿命动辄数十年上百年，不但深度关系到使用者的人生质量，而且矗立在城市里，就不可避免成为城市的一部分。房地产行业的特殊性，既给鱼目混珠、滥竽充数者提供了方便，也给追求卓越的企业提出了无止境的高要求。15年间，房地产企业在全国成立过多少，又倒闭过多少，又有多少铸出了有成色的企业品牌？金都房产经营的15年，从杭州出发，走进了房地产业的“全国第一序列”。其实践与思考，颇能反映中国人居产业的历程与未来走向。

金都人认为，任何一块用于开发的土地，都是有独特生命内涵的，因此，理论上说，项目不可复制，照搬外国不行，克隆自己也不行。金都开发至今，已经涉及多层公寓、高层公寓、酒店式公寓、洋房、排屋、别墅等各种住宅类型，同类型虽有优势传承，但绝无克隆重复。作为社会资源的出色整合者，金都房产用全球视野汲取顶级智慧，不但要尽量做好，而且要做出“唯一性”。新金都城市花园、金都华庭、金都景苑、金都杭城、蓝湾国际等，背后是建设部、人居委专家组的集体智慧；金都华府、

城市芯宇则是程泰宁院士等一批专家高级智慧的结晶；金都汉宫、高尔夫艺墅、阳光田园的背后，是以来自新加坡的“豪宅之父”陈青松为首的国际团队；城市芯宇，同时有LEED绿色建筑认证体系的编制者亲自把脉，将标准直接导向国际前沿。熟悉金都的都知道，金都每个项目都会开研讨会，视项目特点而邀请不同领域的专家学者，目的只有一个：做出独特个性。这样做项目，会很累，也很花成本，但建筑的价值与生命力也因此脱颖而出。

在科技对各行业的贡献率指标中，房地产业居然低于农业。这一特定的非正常现状，让金都人明确了自己所需要的核心竞争力：建筑科技。因此，建筑的科技含量、前沿适用技术推广，成了金都每个项目的必然指标。10多年前，金都就有不成文的规定：每个项目都必须“戴帽”，即列入建设部、人居委等国家级的推广序列，是康居工程、人居环境金牌试点、生态示范园区等，而且必须是代表当时最高水准。迄今为止的实践中，金都所有参评项目全部高分通过考评。外界或同行都说金都是获奖专业户，就是这一原因。得奖不是目的，目的在于培养企业运用科技的能力、鉴别科技的眼光，最终生产出更安全可靠、更舒适环保的高品质产品。所以在运用住宅科技方面，金都房产已然是全国同行的领军者。

绿色房产　幽雅人居

从绿色房产的探索，到科技住宅的实践，再到和谐社区的创建，金都房产集团成立15年来，始终以“专业构筑品质生活”为企业立身之本，以“科技引领人居未来”为开发理念，坚持走专业化、品牌化道路，将所开发的每个项目都以“为行业进步作

金都·富春山居鸟瞰全景（苗军摄）

贡献，让业主生活品质得到新提升”为衡量标准，从而获得社会各界的大力支持和广大业主的信赖。2000年开发的金都景苑作为浙江省第一家严格按照国家康居示范居住区、国家AA级住宅区和国家智能化星级住宅区标准建设的住宅区，在住宅成套技术体系中应用了8大系列60余项内容。2000年开发的金都华庭则定位为“市中心生态庭院住宅”，在杭州率先将建筑底层（除沿街商铺外）全部架空，让自然风为庭院带来凉爽的空气，带走潮气，而且视野通透；同时在住宅科技方面，建造时就运用了高档的环保材料，采用了普通住宅中很少采用的中央机械式通风系统以及系列科技节能体系的配置，改善了市中心的人居环境。2001年开

发的金都·富春山居，不仅遵循了“把家轻轻放在大自然中”的开发理念，对基地内的地形地貌和天然植被予以充分的尊重，住宅单体依山势水形而建，并通过轻质建材的运用，创造出轻快、时尚的轻别墅，在住宅科技应用方面则大量地采用了诸如生态净化、TNS防雷、轻钢结构、屋面防水、中央通风、中央吸尘等先进的环保科技，使金都·富春山居在居住性方面有效地控制和减少了建设物对环境所造成的负面影响，降低了建筑物的能耗和节约了业主的日常开销。2004年开发的金都华府项目，是杭州市唯一的“中国人居环境金牌建设试点”项目；金都华府作为国家节能住宅试点项目，也是杭州市第一个大规模运用科技节能技术的

新建小区。金都华府从小区规划与建筑设计、新材料新技术的运用、小区生态绿化等各方面来营造节能住宅，其中运用了外墙外保温、门窗节能、屋面保温等各项新技术，节能目标是节省50%的空调能耗。

中国人居环境委员会有关负责人认为，随着能源危机的出现，建筑节能越来越受到国人的关注，也是今后发展的必然趋势。虽然对于开发商来说，不仅有增加成本的问题，也有市场风险问题，但如果转变观念，节能住宅的高度舒适性一旦发挥优势，一定会得到大家的认同和市场的高度认可。金都，因为有了“绿色房产”的概念奠基，使得住宅建设上一个新台阶充满希望，金都房产品牌消费已然成为一种现实可能。

（撰文：姜子亮）

聚天时地利人和
展宏伟丰润生活

——杭州宏丰家居城

2009年的杭州家居业，在家居行业整体处于“产业变革期”的大背景下，孕育着新的变革和希望。在经济寒冬阴霾下的5月，一期以家具建材为主题的商业“城市综合体”——杭州宏丰家居城高调开业，从逆市开业到现在的正常化营业，展示了其在大城西最具商业价值“城市综合体”的魅力。

杭州宏丰家居城总体规划以家具卖场、建材卖场、特色商业街、生活超市、物流仓储、商务办公、配套公寓于一体，聚集家居主力店、连锁店、旗舰店、直营店、专卖店，融购物、休闲、娱乐、饮食、文化等功能，轻松完成“一站式”体验购物，创新“时尚体验、休闲购物”消费理念。

在杭州宏丰家居城的设计上，设计大师就充分体现出人性化、科学化循环人流概念，将家居商场的间隔进行纵向分割，让空间更通透敞亮、视线更开阔、物流和人流也更自然灵动，形成了别具风情的“空中步行街”；同时也让业态得以更灵活、更自由的方式进行组合，独特新颖的设计受到了消费者的高度评价：“第一次进来，就感觉像在商场里购物，真没想到家居城也可以这么国际化、现代化！” 如今，只要是来过杭州宏丰家居城的消费者都对此赞不绝口。

科勒、TOTO、箭牌、皇佳世家、兴利尊典、鼎红红木……数百家国内外知名品牌的进驻，已经使家居城成为家居LOGO的聚集中心，成功的营销策略、大力度的促销活动，让杭州宏丰家居城的开张赚足了人气，是对杭州宏丰家居城“我来了，家具来了，建材来了，大家都来了”这一广告语的最佳演绎。

顺应天时　解城西配套之忧

近几年，随着城市化进程的快速推进，杭州城市版图不断扩大。“旅游西进、交通西进”实施后，位于杭州城西的闲林、五常板块成为缓解市区居住压力的重要区域之一，“大城西”凭借得天独厚的城市自然资源，吸引了万科集团、绿城集团、坤和集团、金成集团、华立集团、金都集团等数十家地产商竞相开发，逐渐发展成为商业地产的淘金热土。大城西被经济学家和地产专家誉为“杭州最适宜居住的区域”，继传统的武林商圈之后，“大城西”城市副中心已趋向成熟。

与城西风生水起的高档楼盘发展极不相称的是，这里大型的商业中心仍然凤毛麟角，特别是家居建材卖场几乎处在一个空白的阶段。而在杭州其他地区，北起勾庄，南到滨江地区，东到萧山，中间夹着中心地带的大关与秋涛路，家居建材市场已经遍地开花，这不得不说是个奇怪的现象。由此，闲林—老余杭一带

杭州宏丰家居城外观

的业主，不得不跨越大半个杭城赶赴三墩，或者到秋涛路家居建材一条街去选购建材。“如果借助公共交通工具，半天的时间都将浪费在路中。”在一个家居论坛中，多位城西的网友表达了这一忧虑。这一缺憾同时也影响到了城西其他业态的发展。

杭州宏丰家居城的负责人正是瞅准了这一机遇，明确在城西开设一个大型家具建材市场的计划。在项目规划初期，杭州宏丰家居城总经理王其兴分析过闲林—老余杭地块的市场开发前景：“闲林板块靠山临水、滨临湿地，一直以来都被认为是杭城最适宜居住的区域之一。当时调查显示，闲林—老余杭地区规划的商品房开发量有1200万平方米，这还是3年前的数据，目前预计已达到1500万平方米，这些住宅将在未来3—5年内集中交付，其中较大比例属于别墅、排屋等高档住宅，60%属于高档住宅，这就意味着闲林—老余杭区块将一下增加10万户约30万人口入住，再加上当地的10万居民，整整40万的居住人口已经达到一个中等城市的水平，对整体建材、家装的潜在需求非常巨大，以每平方米1000元的价格计算，城西所蕴藏的装修潜消费额就将超过150亿元。”王其兴在接受多次媒体采访时表示出对杭州宏丰家居城发展前景的强大信心。从项目开始规划到最终开工建设，其间方案数易其稿，通过多次调研和市场分析，杭州宏丰家居城从开始的建造中低档家居购物商场方案逐渐过渡为硬件设施、体量、入驻企业、整体规划都走中高端路线的城市综合体方案。

事实证明，走中高端路线的策略是正确的。杭州宏丰家居城还未正式开业前，闲林及周边板块的多个在售楼盘，就已经把杭州宏丰家居城当作小区重点配套设施进行重点宣传。可以说，这无形中提升了城西居民对杭州宏丰家居城的心理预期。政府部门及各界人士都对杭州宏丰家居城的未来发展持乐观态度：“杭州宏丰家居城作为一个有着50万平方米大体量的大城西商业中心，它的诞生，从根本上解决了该区域的配套问题。”

占据地利　扼城西“咽喉”重地

所谓“地利”，指的是一个地方的交通、环境适合商场的落址、发展和扩张。目前，世界发达国家的大型商业综合体都建在城郊结合部，因为这样停车方便，卖场购物运输也方便。

闲林就是这样一个区块。作为杭州城西的门户，闲林西可

进临安、黄山，东可过留下入杭州，正所谓“四方交通之要道”。而杭州宏丰家居城的地理位置又正好扼住了这一要道的“咽喉”：位于杭州城西天目山路延伸段，杭徽高速公路起点与绕城高速留下出口处，杭昱公路从中间穿过，杭徽高速从门前经过，与杭州绕城高速相邻，同时与沪杭甬、杭金衢两条高速相连，沿天目山路可直接进入市区，距武林广场仅25分钟车程。这里物流通达，良好地连接了城市和郊区，解决了大型专业市场一般存在的交通拥挤问题，便于商家全面掌控市场；同时又有了大片充裕的停车区域，方便了很多拥有私家车业主。“便利的城际连接交通，宽敞的停车区域，也是杭州宏丰家居城相比其他杭州家居卖场的差异性所在，同时也是其特殊的地段价值。”

优越而独特的地理位置不仅给杭州宏丰家居城带来了便

杭州宏丰家居城内景

捷的交通，也无形中降低了家居城的运营成本。闲林位于城郊结合部，土地价格相对市区来说低廉很多，这就使得市场整体运作的成本大幅度降低，可以对入驻直销中心的商家在租金、税收等方面给予最大的优惠政策，降低经销商经营成本，在确保商家营业利润的情况下，最大限度地让利于消费者，让消费者买到价廉物美的商品。

此外，杭州宏丰家居城独特的位置，对周边地区还将产生极强的辐射效应，如对富阳、临安、德清甚至是安徽黄山的居民都有吸引力，高速和绕城的便捷使大量杭州以外的消费者前来购买。作为城西最大的商业配套项目，杭州宏丰家居城的建造将解决闲林区块、五常区块配套薄弱的现状，推动闲林经济发展，满足城西区块家居消费，提升城西区位价值。

杭州宏丰家居城电子区位示意图

汇聚人和　凝顾客员工之心

作为杭州未来的居住核心区和现在的旅游热点区，从西溪开始一直到闲林、老余杭，这一条未来的“黄金居住带”已吸引了数十家品牌房产商，不论是平层官邸，还是高档排屋别墅，抑或是精装公寓，无论是楼盘本身的装修或者是房子主人本身的购买力，大城西的水土都造就了巨大的潜在消费能力。所以大型商业综合体存活、发展、壮大所最需要的因素——人气，是杭州宏丰家居城所完全不用担心的，管理团队所要做的是如何凝聚这些人气，如何通过人气来吸纳西溪板块高档居住区所带来的巨大消费财富。

母亲节献上感恩厚礼

杭州宏丰家居城选在2009年5月10日正式开业，不仅仅是为了避开各大家具、建材市场的“五一”促销热潮，更是因为5月10日恰逢母亲节，选在这个温馨的节日里开业，也给人更多人温情的感觉。杭州宏丰家居城在这一天准备了力度非常大的促销活动。首先是送给1000位母亲的爱，家居城拿出1000张名品床垫做为爱心床垫关注中老年人睡眠质量，在全场优惠的基础上，折后消费满4000元以上，再加1元，前1000位母亲可以获得名品床垫一张，且赠送的都是喜临门、吉斯、花为媒、梦神等知名品牌。在推出“1元床垫”的同时，更是联手国美电器文一西路旗舰店举办“首届杭州家居家电淘宝节”风暴特惠活动，推出“名品家居1折拍卖”、“预交300元=300元礼品+600元家居消费券+600元国美电器消费券+100%中奖机会（冰箱、微波炉、吸尘器等）”、“5000份礼品惊喜连连送”等多种活动，优惠的商品几

杭州宏丰家居城活动现场

乎涵盖了家庭装修所需的所有材料，优惠力度达到20%—60%，当日的商场广播也将轮换播放部分产品的特价措施及其抽奖活动。为了顾客的方便，家居城还在武林广场、天城路口皇冠大酒店、西城广场三个地方安排免费的班车，充分想顾客之所想，急顾客之所急。当天的各项特惠活动均受到消费者的热情追捧，不少现场下单的消费者，新家都安在余杭区的闲林、五常、老余杭以及城西，杭州宏丰家居城通过开业当天的各种促销活动成功抓住了人气，获得了顾客的认同。

慈善爱心暖人心

杭州宏丰家居城打造的“五个满意工程”，即员工满意、商户满意、顾客满意、社会满意和投资商满意，其中让员工满意

是非常重要的一环。在这一点上，宏丰自上而下的精神也值得让人感动：杭州宏丰家居城物业部员工郑小军之子郑坤坤被上海华山医院确诊为脑瘤，而对于一个普通的家庭来讲，昂贵的医疗费加上身心所受到的压力都是很沉重的。面对这样的情况，宏丰人自发行动起来帮助这个年仅6岁的小男孩，组织了一场爱的募捐活动，给他及他的家人支持跟力量，用无私的爱心给小男孩送去一份快乐。

不仅如此，杭州宏丰家居城还非常重视企业的社会责任。在2008年“5 · 12”汶川大地震后，杭州宏丰家居城第一时间捐赠了10.7万元，为灾区群众和抗震救灾工作献上了一份爱心。

全新业态　打造大型城市综合体

开业后的杭州宏丰家居城是目前城西规模最大，档次最高、最具发展潜力的国际家居概念卖场，但这仅仅是开始。按照规划，杭州宏丰家居城第一期是以建材、家具为主的家居城；第二期会随着人气的聚集，交通的不断完善，建设大型购物城；第三期就将是配套的休闲娱乐城，最终将宏丰打造成一个完善的城市综合体。

建设城市综合体是顺应杭州市政府的整体规划要求的。2008年，杭州市委、市政府首次提出了“杭州要建设100个多功能城市综合体”的宏大计划。通过建设这些旅游城、商贸城、家居城、金融城、奥体城、博览城、枢纽城、大学城等，将在各个行业引爆一场真正的“产业革命”，实施杭州的“城市国际化”战略。当时已建成并开始招商的杭州宏丰家居城，正是杭州市政府和余杭区政府重点打造的首批城市综合体之一。

杭州宏丰家居城效果图

所谓的城市综合体，英文名为HOPSCA，是欧美国家最先进的商业地产模式，即Hotel（酒店）、Office（写字楼）、Parking（停车场）、Shopping Mall（大型综合购物中心）、Convention（会议中心、会展中心）、Apartment（国际公寓）的复合体。它包含商务办公、居住、酒店、商业、休闲娱乐、纵横交叉的交通及停车系统等各种城市功能，具备完整的街区特点，是建筑综合体向城市空间巨型化、城市价值复合化、城市功

能集约化发展的结果；同时城市综合体通过街区作用，实现了与外部城市空间的有机结合、交通系统的有效联系，成为城市功能混合使用中心，拓展了城市的空间价值。

“杭州宏丰家居城所规划的多元化复合型商业业态，就是借鉴这一欧美国家最先进的商业地产模式，宏丰家居除了家具建材卖场外，还集聚了娱乐、休闲、餐饮等功能空间，这将是杭州家居的一个新业态。”

杭州宏丰家居城建材馆

大型购物中心

规划以休闲娱乐及餐饮为主，有大型洗浴中心、棋牌娱乐中心、健身美容美发中心、特色餐饮店、茶楼、咖啡馆、干洗店、便利店、鲜花水果店、药店、电影院、茶吧等。在家居卖场积攒一定的人气、企业获得一定的发展后，杭州宏丰家居城将引进大型品牌零售企业，打造区域生活消费中心；规划中的300米的商业街将引进银行、服装专卖、美食天地、美容休闲等商业，通过科学的配比、平衡的组合、丰富的构成，激增消费人群。同时，投资方还将成立浙江首个家居研发中心，吸引国内外家居研发人才，使之成为浙江家居新材料、新产品的研发基地，将闲林打造为“家居硅谷”。另外将开辟大型场馆作为科技人居馆，设置多媒体展示平台与实物展示平台，展示家居文化与现代化高科

技的居住理念和居住趋势，给消费者以强烈视觉冲击力，可直观明了地感受到产品的质感、性能及组合。

休闲居住中心

第三步，为方便区域内商务人士办公，建造了高档精装修公寓，主力户型以40—80平方米为主。项目开发的后期，还将创建国际家居交易平台，建成集家具、建材于一体的浙江省大型国际化家居物流中心，具有强大的仓储、运输、综合应急服务等物流功能。杭州宏丰家居城还将打造小户型青年公寓以及后期开发的公寓和排屋，解决单身白领和家居城内商家的居住问题。

随着以杭州宏丰家居城为主体的城市综合体的建成，未来的城西将崛起又一座“中心城”。

展望未来　集聚效应显信心

杭州宏丰家居城总经理王其兴在接受焦点家居网、新浪网等多家主流媒体的采访时，对杭州宏丰家居城的下一步发展和打算，以及闲林地区整体发展规划对杭州宏丰家居城发展策略的影响作了多次介绍，从他的言谈中，显现出对闲林区块发展的巨大信心，对杭州宏丰家居城最终发展成大型城市综合体的巨大信心。

“据最新消息，在杭州宏丰家居城所处板块的东面，将规划建设一个大型换乘中心。”这一重大利好消息对杭州宏丰家居城的未来发展是不言而喻的。换乘中心的建立是城西整个区域的需要，同时也必然为这个区域带来了人流量，必将聚集旺盛的人气，这与美国、加拿大、日本等一些高端商业中心是依

杭州宏丰家居城商户

托城郊结合部的换乘中心建立起来的形式非常像。黄龙换乘中心以后肯定不会是主换乘中心，因为它太接近市区和旅游点，对大家来说还是不方便的。换乘中心的建立是杭州宏丰家居城可预见的优势之一。

其次是沃尔玛。杭州作为一个旅游、消费大城市，沃尔玛的高端客户群——沃尔玛山姆会员店却一直没有落户杭州，正是因为一直以来迟迟都未找到合适的区位和周边配套环境。而如今沃尔玛山姆会员店的选址正是距离杭州宏丰家居城2公里的地方，将整个商圈作为一个新城区，而沃尔玛作为一个高端的、采用会员制的商城，与杭州宏丰家居城的受众正好错位，形成了良

杭州宏丰家居城商户

好的互补效应。沃尔玛的品牌更会给杭州宏丰家居城带来辐射效应，充分带动城西板块的人气，带动杭州宏丰家居城的未来。

金融海啸当前，宏丰逆势飞扬、恢弘启幕，足以见证了杭州宏丰家居城管理团队的信心，必将实践一个战胜困难、把握机遇、占得先机的成功案例。有人已经开始设想，在不久的将来，居住在杭州城西的市民不再只为了买家居而去家居城，而是自己开车或者坐快速公交到周边的成熟商圈，在一个集购物、娱乐、休闲、餐饮于一体的城市综合体里“一站式消费”，享受生活的乐趣。

（撰文：杨　凡）

成就梦想家居 共享多元生活

——杭州华东家具市场

来到杭州，当你问起“80后”的年轻人对杭州华东家具市场的了解时，相信很多人将会心一笑：呵呵，我结婚时用的家具就是在那儿挑的呢！而但凡年纪长一点的人，他们更多的是看着华东家具从筚路蓝缕一路成长起来的。只要遇到家里装修或者需要添置几件家什，他们必定要来这里转转、挑挑、看看。在这个各领风骚三五年，你方唱罢我登场的消费时代，华东家具市场立足杭州，已经扎扎实实、风雨无阻地走过了十几度春秋，而今稳步迈入发展过程中的第十五个年头。斗转星移，从最初1.5万平方米的单个小场馆，到如今30万平方米的功能齐备的六大场馆，华东家具市场作为浙江省内规模最大、档次最分明、品种最齐全的专业家具连锁卖场之一，其地位今已无人能撼。对杭州人而言，华东家具俨然成为崭新生活的

杭州华东家具市场效果图

一个憧憬，一个起点，一个具有梦幻色彩的空间。而在他们与她之间，至今仍保有着一份难以言明、无法割舍的温暖情愫……

发展阶段

秉持“华东家具——成就您梦想中的生活”的理想，华东家具市场从1995年成立至今，已经经历了发展中的三个主要阶段：1995—1999年的起步期和成型期，作为杭州最早的专业性家具卖场，华东家具依靠自己的经营理念摸索前进，可以说是后来入驻杭州的家具卖场的模板；2000—2006年的高速发展期，随着家具商场的逐步完善以及交通和公共资源、房地产的繁荣，华东

家具飞速发展，连连扩张，企业的资产也快速地增加；2007年至今，受经济危机和房地产业波动的影响，企业进入相对缓和的发展期，但仍然保持稳中有升。企业一向以来注重引入知名品牌，与众多家具名牌的合作已达10余年之久，是华东地区乃至全国的最稳定且值得信赖的装修家具卖场企业之一。

连锁市场

目前，杭州华东家具市场已拥有六大连锁市场，它们分别是：1号馆的杭州华东家具市场（杭州市秋涛路473号），2号馆的杭州华东家具精品市场（杭州市秋涛路473号），3号馆的杭州华东国际家具广场（杭州市近江路1号），4、5号馆的杭州华东家具城西广场（杭州市文一路292号），6号馆的杭州华东家具萧山世贸广场（杭州市萧山区市心中路789号），总营业面积达15万平方米。其汇聚了国内外超千余家知名品牌家具产品，品种主要有沙发、床垫、餐桌椅等日用家具，板式、实木套房等高级家具，玻璃、藤器等休闲系列家具，以及进口的古典的欧美风尚家具、红木家具、办公家具等。六大连锁市场满足了不同消费层次的需求，构筑了高、中、低三级配套的家具消费空间。尤其是3号馆的杭州华东国际家具广场，是浙江省最早的高档次家具广场之一，拥有一流的国内外家具品牌，展示了最新潮流和最高水准的时尚家居。

品牌标识

值得一提的是华东家具市场的品牌标识，它形象地点出了

杭州华东家具市场效果图及LOGO

企业的精神内涵和事业追求。以华东的拼音首字缩写“HD”为主题，图标的整体外型象征一幢房子，中间的“H”代表英文“Home”，意为华东家具为消费者营造温馨的家的港湾，而且这“H”形如靠背椅，左竖呈箭头状，代表着华东家具的企业文化，那就是积极向上、不断进取的精神。此正如华东家具市场的老总郑孝林所总结的创业格言一样：“我们不变的信念是与时俱进，再创辉煌！华东从不满足，华东从不停歇。”

在为自己的标识注入深厚的底蕴后，华东人掌握了经营品牌的脉搏，深刻地认识到，在不断加强宣传的同时，必须要让品牌充实起来，扩大自身的内涵，不能仅是一个让消费者过眼即忘的图标而已。“华东家具——成就您梦想中的生活”，这不单单是口号，更应该成为一个为消费者带来实惠的标志，一个不断趋于完善的奋斗目标。在企业全体员工的努力下，华东家具市场的知名度和美誉度一路飙升，一直以来都是杭州市上

城区重点发展企业，拥有浙江省四星级文明市场、省级先进企业、杭州市诚信单位、全国家具行业协会会员单位、浙江省家具协会理事单位、杭州市场协会常务理事单位等荣誉称号或头衔。可以说，华东家具市场在各方面都算得上是杭州家具商圈中的中流砥柱、经典范本。

15年间，华东家具市场不断做大做强，已成为杭州乃至浙江家具行业的龙头老大。“买家具，到华东”这么一句朴实无华的大白话，已渐渐深入广大消费者的心理。为了不负众望，华东制定出“争创世界一流的家具市场”的发展战略。围绕这一目标，华东人提出“连锁经营”、“品牌效应”、“服务领先”这三项策略，并拓展、提炼为“为人们打造个性化的居住空间，倡导多元化生活方式，增添居室绚丽色彩”的精彩理念，成为企业迈向成功巅峰的圣经。

连锁经营

先来感受一下华东家具市场连锁经营的庞大气场，以及其市场细分、特色经营理念下产生的规模效应。

这里就是华东家具连锁市场中的3号馆——杭州华东国际家具广场。成立于2002年的华东国际家具广场坐落在秋涛支路近江路，是华东家具旗下高端品牌汇聚点，也是浙江省内最早涉足高端家具的卖场之一。它与1、2号馆连接成片，三者形成不折不扣的家具海洋。此卖场云集国内外众多知名品牌，定位奢华，原木生活、现代板式、皮质布艺应有尽有。不得不提的是，这里还是新古典主义家具的聚集地，欧式古典、美式乡村、法式浪漫、洛可可、巴洛克……风格迥异的各式家居在这里兼容并蓄，异彩纷呈。此外，场馆设置大型停车场、自动扶梯、中央空调、休憩桌椅等，软硬件设施均属一流。

倘若你追求华丽优雅的贵族气质，可以到“加州彼岸”看一看，那里既有罗马柱造型的宏伟大气，又有立体雕花的圆润质感，集艺术感、档次感于一身；若是想尝试东南亚异域风格，不妨到“柚木生活”逛上一番，芳香的柚木，在这里被融入大象背纹、芭蕉纹理、海草叶片等各种自然元素；“左岸印象”则适合追求自由与现代感的城市新贵，北美纯天然胡桃木，用意大利进口漆经德国工艺喷制，不仅美观且全项指标符合国际环保标准……

高端家具的盛行缘于人们生活水平的提高和部分消费者的高档消费取向。尤其是近年来杭州房产业发展快速，楼盘价格居高不下，房产业的扩张使得家具行业水涨船高，更多的消费者开始关注自己的生活品质，在排屋、别墅里用起了昂贵的名牌家具。特别是宁波、义乌、绍兴等地先富起来的消费者，经常到杭州来购置名牌家具。顶级家具的发展前景可谓一片光明。为应对市场变化，华东家具国际馆适时调整了场馆内原先70多个品牌中的70%。调整后的新场馆出现了多个家具主题中心，如古典家具中心、沙发中心、睡眠中心和复式套房中心等，消费者可以根据自己的需要直接找到合适的家具。在沙发中心有一位鼎鼎大名的香港第一品牌皮匠大师，光他一个品牌就要占1500平方米的空间。皮匠大师的沙发和高级时装一样采用立体、全手工裁剪，三人位沙发采用一整块牛皮制作而成。3万元到7万元一套的沙发，仅在开业的半个月里就卖出了十几套。就连这位久经沙场的皮匠师傅也不禁感慨道：当年在香港看不到的市场，如今在杭州看到了，华东家具市场像是一个奇迹，充满惊喜和活力！

国际馆“加州彼岸”

不独独是这一个馆，华东家具市场的其他5个场馆也同样门庭若市，顾客络绎不绝。华东人深信，家具市场的连锁并不是简单的复制，于是对现有的六大场馆进行明确的定位，细分了消费群，形成各馆特色，满足了高、中、低各层次消费者的不同需求，从而最大程度地占据了市场份额。

比如，1号馆的华东家具市场是针对工薪阶层和办公人员的，类型包括沙发、软床、板式、实木、藤器、竹艺、办公家具和红木等，其中尤以办公和红木著称。华东的办公家具专业大型卖场在杭州绝无仅有，开辟了办公品牌集中经营的先河。而作为

圣蒂斯堡家居

万木之首的红木，在华东也有十余年经营的历史，在规模和氛围上首屈一指，历年来是购置红木家具的必选之地。2号馆的杭州华东家具精品市场则是精品家居文化的集散地。早期的2号馆家具小巧精致、个性时尚，力主打造现代都市白领的风尚家具卖场；现今的精品馆最大的变化是成功打造了一条可以夜间经营的沿街独立店，品牌涵盖曲美、双叶、北京意风等。3号馆的杭州华东家具国际广场集聚了国际一流的名牌家具。文一路翠苑4、5号馆的华东家具城西广场综合了时尚的精品家具，贴近百姓，又不失现代风尚，是城西人家购置家具的第一选择。6号馆的华东家具萧山世贸广场集中展现的则是现代家居文化，时尚感十足。

“连锁经营”这张王牌，打造了华东家具市场这艘业界“航母”。如今，华东六大场馆的员工超过1000名，一跃成为浙

江省规模最大的家具市场之一。经营档次从中、低档向高、中、低档全面发展，全力构建了一个全国最大的家具时尚品牌的“大家庭”。

在实施“场馆连锁”的同时，华东家具也同时实施“管理连锁”。竞争的根本就是要制造差异。华东人意识到，只是形式上的连锁还不能为自身带来足够的国际竞争力，华东将眼光放在了更高、更远的地方：打造一流的市场管理，制定全面优质的管理体系。运用现代化管理手段和信息技术，华东家具统一服务标准，建立员工培训和奖惩机制，实现了所有场馆管理的连锁，创建了环境一流、商品一流、服务一流。

10多年前，坚实耐用是家具质量的代名词。伴随着房地产业的发展和现代生活质量的迅速提升，时尚把“欧风美雨”刮进了家具行业。地产的发展牵动了家具市场的发展，家具产品的极大丰富增加了消费者的选择性，时尚的变迁带动了消费者心态的变化，人们开始注重家具的流行。在华东家具市场，你能看到的是家具消费周期正悄悄地缩短，家具的文化含量逐步增加。而场馆连锁带来的“文化连锁”，更是华东人引爆中国家居时尚的革命，领跑中国家居时尚的一大法宝。一个企业如果缺乏相应的文化，就如同无本之木、无源之水。华东家具多年来潜心专注于对家具和展示空间的研究分析，熔欧美等最新世界潮流于一炉，厚积薄发。欧洲的古典，北欧的简约，意大利的后现代和美国的乡村式……在进驻华东家具的品牌中，有富有传统、凸显雍容气息的古典家具，也有潮流时尚、演绎前卫趋势的现代装饰，它们让消费者在选购家具的同时，也领略到现代家居文化的魅力。

品牌效应

接着来体验一下华东家具市场名目繁多的知名品牌所营造的经典王国。

2009年初，春节黄金周刚过，华东家具市场就已顺利完成了对旗下档次最高的国际馆进行的大面积重新整修和品牌调整工作。全新的国际品牌馆掀开了神秘的面纱，许多国内外一流的品

上海亚振客厅组合家具

牌家具重磅登场，令整座杭城为之惊艳。此前，华东家具市场拥有的国际一线品牌并不是很多，这次调整也正是为了引入更多的一线品牌，再次实现市场级别的升级和跳跃。杭州人、浙江人买世界顶级的家具，终于可以在家门口“一站式”解决了。

当你邂逅了芝华士、澳仕德等名品沙发，当你徜徉于健威、大宝等一线实木，当你徘徊在凯奇、伊丽丝等品牌软床，当你将渴望的眼神投向亚振、金凤凰等尊贵名流，你会觉得高级名品并非遥不可及，而是就在你身边。景色怡人的加州彼岸，精雕细琢的大术，富丽堂皇的金富丽，实木殿堂中的木林森……这种种品牌之上，无不洋溢着独一无二的特色气息，彰显着经典家具的沉实分量。

世界级经管大师杰斯帕·昆德说过：“建立稳固的市场地位意味着消费者不再只需要简单的产品，而是对公司及其品牌的信誉和可靠性提出更高的要求。未来的赢家将是那些能够应对这一变革并实施有效战略的公司。”作为一个以世界一流为目标的市场，华东家具市场深刻理解其中的含义，并且从两个层面上实现了他们的品牌战略。

第一个层面是实现企业自身品牌的打造。多年来，华东人坚持把“华东家具市场”作为一个品牌来构筑。企业不断发掘“华东家具”这一市场品牌的内涵：高质量的商品、优雅的购物环境、优质的服务。“买家具，到华东”，现在，“华东家具”在消费者心中已不仅仅是一个市场的名称，而是一个知名的市场品牌。用华东人的话来说就是：要让消费者在想到“华东家具”时，除了名牌家具外，更多的是服务优质、质量可靠、信誉保证。而一个市场要做大做强，关键就是要不断引进大量高品质的产品。把国内一流、世界一流的家具品牌悉数引到杭州来，这便是华东家具在第二个层面上实施的品牌策略。

如何构建全国最大的家具品牌聚集地，华东人有一肚子的生意经。首先，品牌集中垄断是品牌策略成功的第一步。华东人用15年的时间、15万平方米的场馆全力构建了一个全国最大的家具时尚品牌的聚集地，现在市场内的名优家具品牌已经超过了1000个。其次，品牌国际化是品牌策略成功的第二步。华东人搭准了市场脉搏，不断引进新品、精品。如6000多平方米的古典家具中心，拥有香港中信、北京标致、香港美林、美国威尼斯城堡、新加坡欧风、上海亚振、深圳迪卡等品牌，许多都是首次进入杭州。越来越多的进口家具进军杭州华东家具市场，使得市场处处流露出家具的艺术品质。再者，品牌分类集中是品牌策略成功的第三步。市场将品牌按不同的消费群进行分类，分别集中在不同的场馆。

服务领先

再来说说华东人的“服务领先”观念和细节取胜之道。

2009年夏季的一天，一位顾客在澳星订购了一张软床和两只配套的床头柜，货运到的时候有一只床头柜的颜色弄错了。顾客和市场联系后，厂家立马同意调换。可让这位顾客没想到的是，重新送到家中的竟是两只床头柜，而不是一只。市场人员解释说，他们担心换一只会有色差，现在两只一起换就没问题了。这位顾客对华东家具市场的服务赞不绝口。这样的事情在华东常常发生，员工的这种“比消费者领先一步”的思维模式，是华东“服务领先”意识的最好呈现。

“从华东家具市场售出的家具，将会得到与家用电器一样的售后服务。如果顾客打售后客服电话，24小时内得不到维修，

市场先出钱赔付。”这是华东家具的惯常做法。华东家具特别准备了1000万元的信用赔付金，专门用以对家具的售后质量保证。

“信”是所有企业可持续发展的关键。人无信不立，企业无信则是自取灭亡。树立诚信意识，是企业树立领先服务理念的根源。“消费者没有想到的，我们要替他们想到；经销商没有服务到的，我们要替他们服务到。”正是靠着这种领先的服务意识，华东家具市场在浙江家具界树立起一面诚信的旗帜。

有为消费者设立的信用赔付金，也有为营业员设立的“委屈奖”。“顾客永远是对的”，市场要求营业员在服务过程中始终保持微笑服务和良好的服务态度。华东家具的老总郑孝林说：“作为市场，更多时候销售的不是商品而是一种服务。要创建世界一流的家具市场，树立这种领先的服务

华师傅燕巢系列家具

意识是必然的。”顾客和营业员之间发生冲突，即使是顾客错误，营业员都不能作出任何过激反应。营业员受的委屈将由市场和厂商来补偿，这个补偿就是“委屈奖”。它是对员工服务的一种肯定。“服务无小事，我们的服务要体现在消费者前面，体现在消费者没有想到的地方。”商场的购物环境、家具的摆放、通道里的垃圾、房顶上的灰尘、电梯的速度、营业员的礼仪……这每一处到位的细节都体现了华东家具市场的服务领先意识。顾客态度不好要微笑，顾客谩骂要微笑，顾客进门要微笑，顾客临走要微笑，服务的时候要微笑——华东的“五笑服务”简直将“微笑服务”发挥到了极致。

作为经营性的综合性家具卖场，华东家具的主要产品就是服务。这种服务是双重的：为消费者服务，为经销商、加盟商服务。对于消费者，华东人历来注重培养口碑，十几年的沉淀积累，在顾客的口碑圈中成功博得了广泛的信任和好评；对于加盟商，华东一方面专注提升卖场的硬件，另一方面倾向策划各类营销方案，集提高知名度和吸引客流于一体，为广大经营户提供稳定的客源。最实惠的促销，最贴心的服务，最完善的售后，这一块块牢固的砖石铺就了华东的诚信之路，构筑了消费者心目中的品质长城。

这10多年来，华东家具市场从无到有，从小打小闹到大胆引入国际流行的经营机制，持续注重连锁经营、品牌效应和优质服务，从而实现了一个企业从小到大、从大到强的飞跃。“争创世界一流的家具市场”，杭州华东家具市场的辐射力和影响力，也正在将其自身打造成“中国的宜家”、“家具界的连卡佛”。

社会责任

成功不是一朵孤独的玫瑰，华东人明白，没有深厚积淀，勿谈长远发展；没有社会责任，有愧成功之名。“赠人玫瑰，手有余香”，华东人便是这样去思考、去行动的。

2005年11月8日，在华东家具10周年庆上，华东的领头人、董事长兼总经理郑孝林回顾并总结了10年扩大10倍的发展历程，提出了一套自己企业的“仁学理论”：不仁，义不能长；不义，礼不能成；不礼，智不能清；不智，信不能全；不信，仁不能持。华东尊崇“重信、守义、足智、明礼、达仁”为经营之本。这“仁、义、礼、智、信”五字来源于中国传统的儒学文化，却是从企业经营的实践过程中归纳得来。这确实不简单，它囊括了华东的精髓：以一种社会责任感创造目标，服务大众，诚以载道，做好企业。只有企业做大做强了，才能最终够回馈社会，造福更多的人。在取得市场的成功和消费者的认可后，华东人不辞辛劳，转而投身各项社会慈善事业。在这里，还有几则感人的小故事。

2007年夏，高考分数揭晓后的第二天，一个叫姜汉军的中学生打通了杭州日报“心＋心勤工助学”热线。他说，自己是淳安中学志远班的学生，高考586分，上了理科一本。父亲是木匠，家里的主要劳动力；母亲务农；大姐刚大学毕业，还有2万元助学贷款要还；二姐现读大二，也是贷款上学。自己又要上大学了，家里负担实在太重，暑假就想找份工作，为自己挣学费。华东家具的当家人郑孝林一看到这份报道，立马就打热线决定在经济上支援姜汉军，为他减轻负担。与此同时，他还一连捐助了其他7名贫困优秀高考生，让他们顺利地走上求学之路。又如，2002年5月1日，时值五一劳动节，新开业的杭州华东国际家具广场向杭州上城区的16位省、市劳模赠送了价值5万元的高档家具。郑孝林说，将家具广场典礼的费用节约下来，向劳模们献爱心，是看了早报有关劳模的连续报道后决定的……再如，从2004年至今，在上城区工商联组织的上城区贫困学生帮困助学结对活动中，华东家具的郑孝林一直没有停止对家庭困难中小学生的资助，已经帮助多位贫困生顺利完成了九年制义务教育……

像这样充满爱心的故事不胜枚举，华东人担负起真真切切的社会责任感，低调地行使着一件件社会慈善义举，一如既往地走过了一年又一年。

“仁、义、礼、智、信”，驱动着华东人回馈社会的那颗驿动的心。在人们生活水平大为提高、家具市场长盛不衰的今天，华东家具在为改善人们的生活品质提供舞台的同时，更不忘注视那些需要帮助的人们，为共享生活热心铺路。这是难能可贵的。

“为人们打造个性化的居住空间，倡导多元化生活方式，增添居室绚丽色彩。”华东人正是将这种理念作为终身的追求，践行在企业发展的一个个节点上。它所提倡的“多元生活”，表现在对各个风格流派家具的兼容并包上，体现在不同层次的家具价格定位上，折射在各种生活方式、消费取向的和谐共存上。它给每一个人都开创了属于自己的一片多彩天地。有专家预计，今后10年，我国家具需求额将以每年10%—15%的速度递增。杭州每年有大量房产投入市场，青年人结婚、儿童家具消费都在快速增长。在未来的时间里，杭州华东家具市场必将紧跟时尚潮流，以高品质载道，以优价格制胜，携同更多的杭城人踏入下一个春花烂漫的15年……

（撰文：陈　雯）

创意生活
时尚先锋

——第六空间家居发展有限公司

“上有天堂，下有苏杭”这句话，是历史给予美丽古都杭州的赞誉。一汪碧水西湖，万种人文风情，令多少文人骚客不吝笔墨！这是一座让南来北往的游子可以诗意栖居的梦幻都市。

而今，“生活品质之城”、“东方休闲之都”是杭州人在市委、市政府的倡导下的都市目标。它从善如流，汇通世界各方文明；它精致宁静，温文尔雅，如同西湖浑然天成；它大气开放，自强不息，如同翻腾的钱塘江水奔赴海洋之约。

“生活”是一个平平常常、普普通通的词，如果为了品质，在生活中不断融入创意，人们所体验到的生活就不仅仅是普普通通和平平常常了，生活的内涵就会变得丰富而深刻起来。第六空间家居发展有限公司（以下简称第六空间）就是这样一个致力于提升生活品质的梦想者和圆梦者。

2009年杭州市品质生活总点评会在第六空间“凡尔赛宫”举行

“第一个将家居奢华概念带入浙江”，这是媒体提起第六空间爱用的句子；

“时尚、奢华”，这是消费者提起第六空间爱用的词汇；

“创意生活、时尚先锋”，这是家居业内提起第六空间爱用的描述；

“国际、时尚、艺术、生活”，这是第六空间给自己的明确定位。

经过将近10年的磨炼和发展，第六空间渐渐地成为了“个性和

艺术、品质和超值、时尚和潮流”的代名词，旗下的杭州第六空间艺术生活广场被称为家居界“永不落幕的时尚T台”，第六空间的创始人邢积国先生也被家居业界誉为引领时尚的代表。

说到这里，相信大家一定非常急切地想了解第六空间家居发展有限公司，想了解第六空间的创业历程，想了解第六空间领头羊邢积国其人，想了解第六空间未来的发展设想……

时尚家居企业“航母”

第六空间（DERLOOK）家居发展有限公司，坐落于杭州市滨江区江南大道1088号，是专业投资经营中高档品牌家居用品的连锁商场，始终坚持创新的理念和“融资、融智、联合、联盛”的发展战略，拥有出色的商业定位能力、全方位的整合能力和丰富的营运经验。1999年开始创业以来，公司潜心研究世界各地成功的商业经营模式，引进30余家国际著名家居品牌，并与罗奇堡、写意空间、VERSACE、FENDI、TURRI、EPOCA、CENTURE、HOMASVILE、BEMHARDT、SCHNADIG、HARRISON & GIL、AUPING等十几个国际高端家居品牌建立了战略合作关系。公司拥有员工近1000人，其中专业管理团队200余人。公司正处于稳健、快速的发展时期。目前，公司旗下拥有杭州佳好佳居饰商城、杭州佳好佳1+1国际卫陶广场、杭州第六空间艺术生活广场、第六空间大都会世界家居博览园、宁波第六空间艺术生活广场、苏州第六空间艺术生活广场等中高档家居商场。商场总营业面积近70万平方米，旨在成为中国高尚美居生活的创领者。

杭州佳好佳居饰商城

杭州佳好佳居饰商城创建于1999年4月，位于杭州市秋涛北路118号，是一家集家装、建材于一体的大型综合性建材市场。商场面积超过10万平方米，囊括了地板、瓷砖、卫浴、橱柜、五金、油漆、板材等所有门类家装材料2000余个主流品牌，是杭州市建材行业的龙头市场。2003年被评为年度浙江省建筑装饰行业百强公司，连续多年被评为杭州市消费者信得过单位。

上：佳好佳居饰商城
下：佳好佳1+1国际卫陶广场

杭州佳好佳1+1国际卫陶广场

杭州佳好佳1+1国际卫陶广场是公司2006年12月推出的浙江省第一个主题卫陶广场。商场引进了科勒、乐家、箭牌、TOTO、美标、摩恩、诺贝尔、马可·波罗、欧神诺等100余个国内外著名卫浴、瓷砖品牌。时尚的定位、强大的品牌阵容、先进的“五统一”管理和商场化的舒适购物环境，开创了浙江省建材卖场的先河，成为浙江省内第一家与世界卫陶新品潮流同步的风尚发源地。

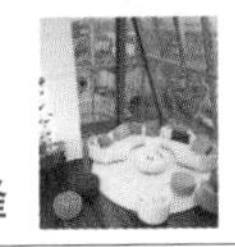

第六空间效果图

杭州第六空间艺术生活广场

杭州第六空间艺术生活广场开业于2005年6月，位于西湖大道18号，商场面积3万平方米。广场定位为“国际、时尚、艺术、生活”，致力于将国际前沿家居产品、设计与资讯潮流引入中国，倡导全新的居家生活方式，目前已引进100余个国内外高档家居品牌。广场实行“统一培训、统一着装、统一核价、统一收银、统一售后服务”的“五统一”管理。经过4年多的发展，第六空间艺术生活广场已经成为浙江省最专业、最具影响力的高档时尚家居商场。2005年、2006年连续两年荣获杭州西湖博览会项目组织奖和《都市快报》主办的传媒设计大奖“最佳时尚商场”，2007年荣获“浙商首选家居商场”称号，2009年荣获《都

第六空间大都会世界家居博览园

市快报》主办的室内设计传媒大奖“最佳时尚家具商场”。

第六空间大都会世界家居博览园

第六空间旗舰项目——大都会世界家居博览园于2007年11月30日开业，位于江南大道1088号。首创中国家居行业的“复合式主题家居园区商场”，面积近50万平方米，全力打造园区八大家居主题商场、两条旗舰品牌街、家居主题酒店、时尚餐饮场所、顶级写字楼、展览中心和设计师SALON，集购物、体验、休闲、互动于一体，是家居采购、行业交流、消费体验与艺术生活的完美结合。一期“凡尔赛宫”和“现代家具馆”两

大主题商场，超10万平方米规模。大都会世界家居博览园的建设投运，形成了以钱塘江畔为中心的家具核心商圈，不仅成为杭城市民购买家具的理想场所，还将通过在区域内的聚集和辐射作用，迅速推动当地和区域间的商业往来，拉动娱乐、交通、旅游、服务等行业的发展。

上、中：凡尔赛宫　　下：红9现代馆

凡尔赛宫

108个全球家具名品，成就全国首家最大规模欧美古典家具的专属圣殿。以17世纪凡尔赛宫的宏伟奢华景致，让贵宾身临其境地领略欧美古典家具的奢华与优雅。拥有欧洲五星级感性家具CHRISTOPHER GUY、美国白宫御用家具CENTURY FURNITURE、意大利手工极品家具TURRI、西班牙皇室专用家具EPOCA等上百家欧美顶级品牌，是别墅排屋等豪宅、高级酒店、私人

左：董事长邢积国在宁波第六空间成立大会上致辞　右：苏州第六空间

会所以及欧美家具爱好者的首选商场。

现代家具馆

浙江省首家专业的现代家居主题商场，集结了来自美国、意大利、法国、德国、英国、西班牙等国际知名家具品牌以及国内一流家具品牌。全线接轨国际，与米兰、拉斯维加斯、高点、纽约家具潮流同步。以精心打造的样板间让消费者体验完美家居生活，领略世界家居新风尚、新潮流。

宁波第六空间艺术生活广场

宁波第六空间艺术生活广场于2008年9月19日开业，地处宁波市政府新大楼和天一广场的中心点，位于市中心的核心与繁华地段，拥有8万平方米的营业面积。广场拥有现代化的豪华设

施，空间布局细致合理，拥有国内外著名家居品牌商200多家，是目前宁波首家规模最大的国际品牌家居主流商场。

苏州第六空间艺术生活广场

苏州第六空间艺术生活广场坐落于苏州著名的新加坡工业园区东侧的金鸡湖商业广场，是园区重要的商贸中心之一。苏州第六空间传承第六空间的文化理念和经营模式，彰显高档家居的尊荣气质，于2009年5月开业。广场建筑面积近6万平方米，为大型国际高档家居商场。

邢积国其人：梦想家+企业家

简介：不走寻常路的浙商

邢积国，1968年出生，浙江台州天台人，第六空间家居发展有限公司董事长。1993年，他从杭州商学院涉外酒店管理专业毕业，进入杭州市高新技术产业开发公司下属的广告公司。1996年，新时代装饰材料市场筹建之际，在董事长谷惠根的邀请下，邢积国加盟新时代，负责其中的招商和策划两块业务。1999年4月，创建杭州佳好佳居饰商城。2005年6月推出第六空间艺术生活广场；2007年11月推出第六空间大都会世界家居博览园；2008年9月进军宁波，推出宁波第六空间艺术生活广场；2009年5月跨出浙江省，推出苏州第六空间艺术生活广场。他是第一个将家居奢华概念带入浙江的人，也是第一个让浙江人感受到顶级家居震撼的人。他是第六空间这一家居界“永不落幕的时尚T台”的引

董事长邢积国

领者。

在大学里，他学的是涉外酒店管理，找工作时却进入了广告行业；广告做了没多久，又突然跳槽进了建材市场；市场搞得好好的，却想着要另辟蹊径，搞起了高档家居专卖场……从哪一方面看，他都与传统的商人不同，“不走寻常路”，也没法循规蹈矩。难得的是，他是个能够触类旁通的人。他能把大学期间学到的酒店管理原则，恰如其分地应用到自己的家居卖场去；更能把广告行业中的创意与点子，融到建材市场的营销中去。他一度低调行事，但这并不说明他不善于包装自己。相反，深谙广告原理的邢积国，知道如何适时营销自己。

观念：时尚改变生活

从一开始导入商场管理模式，到成立家居品牌代理机构（中国）联盟，再到召开“2005中国杭州国际家居品牌设计陈设高峰论坛”，直至第六空间艺术生活广场众多知名品牌的引进……从中，我们看到了邢积国的睿智、前瞻与引领。如同“时尚改变生活”一样，他一直走在市场的前端，比常人看得更远。

成就：家居行业导入“商城管理模式”

致力于经营家具和建材行业，建材商城佳好佳成为浙江建材行业的龙头企业，家具商场第六空间成为浙江著名家具商场，并在全国家居行业具有举足轻重的地位。作为行业的领军人，首次在浙江家具行业导入商场管理模式，将众多的国际家具设计、产品、潮流与资讯引入中国。

品位：既是潮人，也是凡人

第六空间艺术生活广场已经成为了中国国际家居博览中心和时尚信息发布中心。作为第六空间掌门人，邢积国是一位站在时尚潮流前端的品位人士。他多次前往德国、意大利考察，触摸时尚信息，切身体验国际流行趋向；多次举办大型家居博览会、小型时尚发布会，将国际设计理念、潮流与资讯引入中国；也经常与家人、朋友一起分享网球、瑜伽带来的生活乐趣。我们既看到了一位成功浙商的缩影，也能够捕捉到时尚品位的家居气息。

内涵：首先要不同，但要不同得有道理

第六空间绝对是中国家居市场的颠覆者。它是全中国第一家把最贵的家居产品摆在一楼集中展示的家居商场。它精确地分析了市场的差异，将自己准确定位为奢侈家居卖场。邢积国成功的关键在于内涵：第一，专注于流通，专注于渠道的经营；第二，把握潮流的趋势，创意生活，创意经济，创意财富；第三，注重管理和服务，建立软实力，培育卖场品牌。

第六空间爱心基金会捐款

慈善：爱心回报社会

作为中国高尚美居生活的创领者，第六空间从2005年进驻杭城以来，将艺术、时尚、家居、生活融合在一起，一直倡导高尚的生活态度和健康的生活方式。一方面，它不断发展壮大自己的企业，为社会提供更多的就业机会，为国家缴纳更多的税款；另一方面，在为社会奉献美丽与时尚的同时，它也在积极参与慈善等社会公益事业，回报社会。这是一个企业的价值观的体现，更是一位企业家的社会责任的体现。第六空间在杭州市家具流通行业中首例成立爱心基金会，专门设立了基金账户，成立专门的基金

管理委员会，负责基金保管，财务公开透明，捐赠急需帮助的员工和社会人群。此项活动的开展，在商场内部营造了温暖的家庭般的文化氛围，创建了和谐的工作环境，同时也充分体现了第六空间“构建和谐社会，创建一流商场”的人文关怀。据悉，第六空间将通过多种渠道募集资金，发展壮大基金，以救助更多需要帮助的困难员工和社会人群，为和谐社会贡献自己微薄之力。

愿景：不断追求和超越

邢积国，他是把奢华家居概念带入浙江的第一人，也是打造杭州家居创意产业的第一人。他在杭州乃至浙江省的家居界创造了众多“第一”：

——浙江首家真正实现商场化的高端家居商场；

——浙江省第一家规模最大的家居艺术生活广场；

——浙江省内唯一的国际卫陶广场；

——由他缔造的领先全国的超大型多业态家居复合园区“第六空间大都会世界家居博览园”再一次震撼杭城。

他曾经把杭州大厦当作家居商场的榜样，现在他似乎已经在学习中得到了升华。

恒隆广场一直是他心里的一座丰碑：“你一定听过中国乃至世界的时尚高地——恒隆广场，如果说恒隆广场是给高端人群提供身上穿、用的商品，那么我的‘第六空间’就是给高端人群提供家里所需要的商品。”与所有给自己的企业名称以确定含义的企业家不同，他坚持不给第六空间以任何解释。内涵在不断的追求中被创造和提升。

他借鉴文化创意产业的活力之光，把对时尚、艺术的美好感觉融入到经济实践中，不断打破界限常规，创造着一个又一个占尽先机、具备广阔发展前景的商业神话。

评价：学习型的天生儒商

他是天生商人——老师陈天来

他是我的学生，上学的时候就特别投入，成绩特别好。他非常会动脑筋，有很多很好的点子。他开出佳好佳来的时候，我才发现这个学生确实有从商的天分。等到他做第六空间，开始感叹他的胆略。他看中一件事情，就会毫不犹豫地去做，而且坚持一定要做好。他的长处在于创意，思路非常宽。最难得的就是，他能清晰认识自己和企业发展的弱点，大力引进管理人才。

他是地道儒商——品牌代理商王晓路

邢积国总经理是个儒商，他非常守时，做事认真，很大气，也很有胆魄。做人做事，都讲究诚信。他有一定的高度，一般人想的可能是5年到10年以后的事情，他想得要更长远。

他是学习型人才——副总经理李先生

他是创业家和思想家。他的思维非常敏捷，属于跳跃性思维。他站在行业的前列，在创意方面有特殊的天分。他还是个学习型的人才，不断学习，完善自己。现在公司能够逐步向集团化发展，正是他不断学习的结果。他很善于整合资源，善于用人。他的人品非常好，关爱每个员工，在他手下做事情，很快乐。

高瞻远瞩　拓展未来——第六空间的梦幻轨迹

品牌：时尚、奢侈、国际化

第六空间作为中国高尚美居生活的创领者，从1999年开始创业以来，2001年就开始运用国际化运作背景，以前瞻的视野解读国际商业时尚流行趋势，走上了高端国际家居品牌经营之路。

第六空间与众多进口顶级家居品牌达成了地区代理或战略合作关系：FENDI CASA、VERSACE、LIGNE ROSET、TURRI、EPOCA、CHRISTOPHER GUY、NATUZZI……同时探索到中国高端品牌价值链与供应链的最优经营模式，掌控着高端家居品牌资源及核心市场竞争力。

国际顶级家具品牌

罗奇堡、写意空间、思特莱斯、NATUZZI、FENDI、CG、EPOCA、TURRI、FFDM、CENTURY、HC28、DOC、DORELAN、NOTTINBLU、WELLE、FALOMO、RUF CASA、SUPER COMFORT……

时尚家具品牌

美兆、迪信、乐德福莱、米赫劳、西格菲斯、世奇、古地亚、米兰诺、米兰国际、自由空间、高点·凯沃、高点·沃堤、MPE、朗园、邓禄普、西部牛仔、满分、家融居、嘉豪·孔雀蓝、贝尼尼、STYLUTION、凯菲尔、百纳·璐诗、花开富贵、纳菲迩、美洛克、爱宝帝斯、奥玛尼、加枫意、和贤典尚、富运、科默、米奇天地、屹程、兰卡威、墨客……

上、中：罗奇堡
下：VERSACE

中式古典家具

原木世家、东升·江南印象、明清风韵、紫尊轩、艺尊轩、年年红、澳洲森林……

奢华欧美家具

愉悦玫瑰、卡芬达、玛荷尼、FD艾芙迪、波洛克、贵族PARTY、大术、诺曼尼斯、佩恩·艾奢华、凯墅、美克斯顿、豪美斯、威廉姆斯、赛帕斯特、鸿马特、曼哈顿、阳光小屋、罗丹尼、JMF嘉木坊、积家传奇、美典卡芬迪、罗曼迪卡、塞尔玛、皇家官邸、宜安、尊典、奥克维尔、欧尔斯顿、蒙娜丽莎、尊贵、春蕾·索菲娅、艾森娜庄园、阿超灯饰……

商业模式：探索与创新

2005年，第六空间开创了中国高端家居商业模式——第六空间艺术生活广场。它融合家居时尚与艺术，把高档家具

与灯具、布艺、墙纸、饰品、花艺、家居生活用品、个性电器等进行创意混搭，宣告了中国家居业高端时代的来临，为高速崛起的亚洲开启了高端家居商业的新模式。

2007年，第六空间领衔开创的第二个模式——大都会世界家居博览园，开启了中国家居大商业的未来模式。它采用五星级酒店专业营运管理理念，以超大的体量，打造八大专业主题商场、两条旗舰品牌街、家居主题酒店、时尚主题餐饮街、顶级写字楼、展览中心和设计师SALON，集家居采购、行业交流、娱乐休闲、消费体验、游览观光等多功能于一体，成为真正意义上的多功能家居主题Shopping Mall。

2008年，第六空间正式开启全国连锁之路。2008年9月，宁波第六空间生活艺术广场开业，作为第六空间全国市场拓展的第一站，秉承第六空间的

上：FENDI CASA
中：写意空间
下：欧美家具

奢华欧美家具

高端商场模式，缔造宁波高端家居的商圈核心和首席商场。2009年5月，苏州第六空间生活艺术广场正式启幕，标志着第六空间走出浙江，全国连锁战略在长三角深入发力，在苏州打造最具品位的高端家居消费中心。第六空间天津商场也在最近开张。

从此，第六空间高端家居商业网点将遍布全国经济发达地区：北京、上海、广州、深圳、成都、重庆、天津、杭州、宁

波、厦门、武汉、南京、沈阳、西安……

预计到2012年底，第六空间在全国的卖场面积将达到200万平方米，卖场数量超过30个。

届时，第六空间将筹备进军海外市场……

第六空间，感受时尚家居，缔造奢华家居；

第六空间，高瞻远瞩，开启崭新家居时代之无限想象空间；

第六空间，是“家居界的杭州大厦”，是家居时尚潮流的发布前沿，是设计师、高端会所的首选商场，这里是最佳时尚家居商场、最具生活品质体验商场，这里齐聚了众多国际原装进口家具及国际一线精品，只为你提供时尚和品位。

（撰文：王晖军）

礼行天下
礼至品位
——杭州礼品城

礼尚往来一直是中华民族的传统，有“礼”走遍天下。送礼人一片真情，收礼人一片温馨。礼之送赠，既能表达浓浓深情，又能传递美好祝福，更能传达并体会时尚、新奇和科技的进步。

随着我国人民生活水平的不断提高，市场经济的繁荣，礼品已成为了现代社会交往的一种形态，成为一种表现情感和品味时尚的方式。从最初的糖、烟、酒食品到衬衫服装，从凉席、电饭煲等锅炉灶具到皮包、皮带，直至如今花样繁多的各类新奇工艺品，礼品时代色彩的烙印十分明显。

圣诞节、新年、生日、升职、乔迁、婚育喜事等，这么多的人情场合需要给同事、朋友、同学、家人选送礼物。

礼品，是一片心意

客户来访、工作访问、会议、公司开业以及周年庆典、公司升格乔迁等，这么多商务场合需要精心准备礼品。

印有公司名称、标识或广告词的实用性或装饰性物品，已被当作商务促销、广告礼品而成为市场竞争的重要手段……

什么样的礼品才恰如其分，既不会造成无谓的浪费，又起到传递友谊、公关获益的作用？

相信大多数杭州人都会不约而同地把目光投向杭州礼品城，因为那里能够一揽子解决礼品选购、定制和派送服务。

下面就让我们走进杭州礼品城——

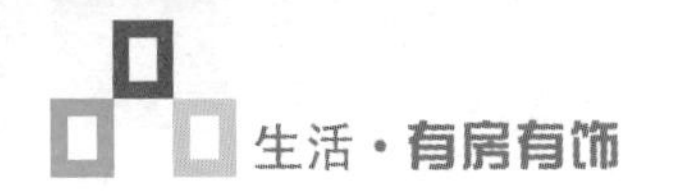

交通便捷
——凸显五维交通优势

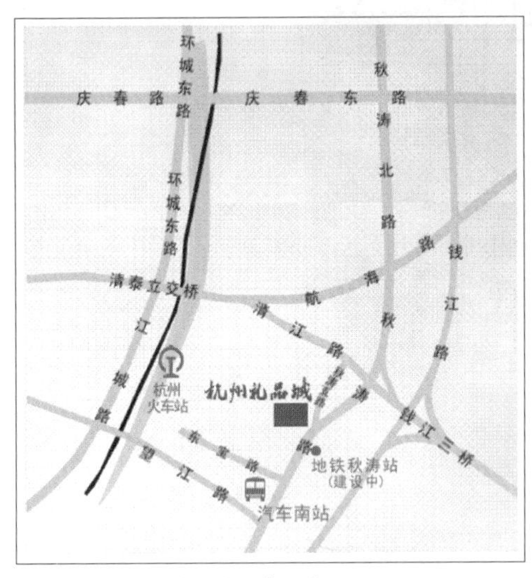

杭州礼品城区位示意图

杭州礼品城位于杭州市秋涛路491号（大浪淘沙斜对面、近江加油站对面），紧邻被誉为杭州新的“商务中心、政务中心、生态中心、人居中心”的钱江新城。礼品城周边交通便利，有杭州火车站、汽车南站、沪杭甬高速、钱江二桥、钱江三桥、过江隧道、地铁秋涛站（建设中）等，构成了集市区道路、城际公路、省际高速、铁路、航空多位互补的五维交通优势。礼品城百米范围内有近江电影大世界、肯德基、好又多、华东家具市场、近江广场、浙江食品市场等，商业服务设施齐全。

自主平台
——精心打造专业化运营体系

杭州礼品城是华东地区首家专业礼品市场。礼品城占地面积1.5万平方米，经营面积2.5万平方米，拥有营业房360多间。

礼品城内经营品种齐全，包括商务礼品、工艺礼品、金银礼品、瓷器玉器礼品、百货礼品、广告促销礼品、皮具礼品、礼品印刷和包装、电子礼品、居家装饰礼品、收藏礼品等门类。礼品城采取集零星销售、个性定制、大型团购、定量批发于一体的经营模式，以专业优质的服务和一流的硬件设施为入驻商户提供强有力的经营保障。

礼行天下
——华东首家专业礼品市场隆重登场

2004年前后，浙江虽然有温州龙港礼品城和浦江水晶城等专业的礼品市场，周边省市也有零散分布的礼品集聚销售市场，但受产业、交通、市场规模、商务功能等因素制约，都存在一定的局限性。就连杭州的王星记扇子、都锦生丝绸、西湖龙井等高档礼品，也多是出现在一些以特色产品为主、资源整合和物流配送均不理想的市场。这在很大程度上制约了浙江礼品产业的规模发展。而更致命的软肋是浙江长期以加工为主的工艺品制作企业中，有七成左右因没有自己的品牌而完全依赖贴牌外销。与此同时，由于缺乏一个国际性、综合性的现代化专业礼品市场，浙江的大中型企业每年都要为参加广交会而绞尽脑汁。在这种情况下，一个集定制、批发、团购、零售等多功能于一体的礼品批发销售服务中心，华东地区首家既具备专业特色又展现综合经营的礼品市场——杭州礼品城，在众目期盼中诞生了。

杭州礼品城商户经营区域分布在商城第一、二层。2004年开业初期，二楼招商基本完成，而一楼的规划方案也同期出台。

杭州礼品城

二楼为工艺精品集中经营区，汇聚了雕塑、工艺扇伞、金属工艺品、文房用品、编织工艺品、美术陶瓷、民间工艺品、美术地毯、壁挂等知名品牌和厂家。

时隔一年，2005年7月23日，杭州礼品城一楼营业区隆重开张营业，杭州首届礼品节也在同日拉开序幕。

礼品城一楼汇聚了日用百货礼品区，有玩具、小百货、烟具类、旅游纪念品、婚庆用品、钟表类等特色礼品。

在7月23日这一天，杭州礼品城主要推出了四个方面的活

动：首届杭州礼品节开幕，杭州礼品商会回顾，杭州十大畅销礼品展示，杭州礼品城礼品展。活动一个接一个，气氛非常热闹，杭州礼品城的名气也在媒体的报道下越来越高。

杭州礼品城一楼的开张仪式张灯结彩，高雅的环境、一流的品质也给前来观看的消费者留下良好的印象。开张仪式邀请浙江电台城市之声进行全程现场直播，还有杭州各大媒体记者进行现场报道。

小礼品大产业，小礼品大流通，小礼品大市场。作为华东首家专业的礼品批发基地，杭州礼品城几年来本着“质量、信誉加创新就是成功”的原则，从定点批发到采取网络营销、举办展会等现代服务业的发展模式，瞄准行业动态，紧跟时代步伐，在取得成功的同时也得到了各方媒体的关注以及广大客户的信任和赞美。

2008年12月20日、21日，杭州礼品城联合望江街道举办的“迎新年送温暖慈善义卖”活动，受到《钱江晚报》的极大关注。第二天，该报即在A2版面刊发了相关报道。

每日新闻·现场

义卖礼品送暖寒门

上：浙江电视台采访礼品城“六一”活动
下：《钱江晚报》报道礼品城义卖礼品活动

礼至品位
——秉承传统、品至高雅的畅销礼品

“精彩世界，开心事业”，杭州礼品城追求高效、完美、诚信的经营思维。客户不断变化的需求是礼品城永不停息的开发、创新的原动力，现实客户利益是礼品城永远不变的奋斗目标，礼品城以打造“全国最好的礼品供应基地”为目标，不断引进颇具特色的新颖的礼品，把创新的理念灌输到“礼”的价值上。

工艺礼品——文化的启蒙者

工艺、书法、建筑都属于实用艺术，它们的实用价值和审美价值都是统一在一起的，它们在内容上都侧重表现人的情感、品格、精神等，在形式上都占据一定的空间，所以将它们归为表现性空间艺术。

工艺礼品既具有实用价值又具有审美价值，它指的是在造型和色彩上具有美学特性的日常生活用品。如日用器皿、家具、服饰、环境布置等，这些都属于实用工艺礼品。工艺作为一门独特的艺术，具有自身特殊美的规律。工艺一般并不模拟或者再现客观对象，即使有些工艺品采用了现实题材，如花草、鸟兽、鱼虫等，它所追求的也不是对象的精确造型，而往往通过夸张、变形等艺术手法，使对象图案化、装饰化，这样创作出使之有某种象征意义的，或者体现某种抽象、宽散、朦胧情感气氛的艺术。除了实用之外，人们主要用来美化环境，丰富精神生活和陶冶情操。这是工艺礼品特殊的美的内涵。

工艺礼品

商务礼品——情感的敲门砖

商务礼品

商务礼品是企事业单位在商务活动中或会议、节日等社交场合，为了加强彼此间的感情及商务交流而赠给对方的纪念性礼品。它具有新颖性、奇特性、工艺性和实用性。中国作为礼仪之邦，很注重礼尚往来。几千年来，“礼”已经形成一种文化。随着时间的推移，作为这种文化的物质核心——商务礼品，也在日新月异地变化着。不同的年代，不同的历史背景，商务礼品也各不相同。

进入21世纪，人们的生活节奏加快，互联网的发展给商务礼品的销售带来了翻天覆地的变化。从内容到形式，商务礼品的种

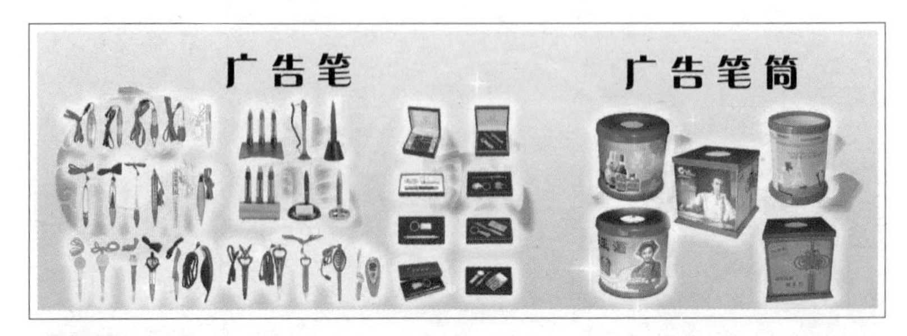

广告礼品

类越来越多，商务礼品内涵和外延都得到了无限的延伸，它在礼品中所占的比例也日趋增长。如今的商务礼品已超越了一般的广告促销作用，不仅能表达送礼者的心意，而且能反映出送礼者的品位及素质，还能反映出礼品背后间接的商务往来，等等。

广告礼品——大众的领航员

广告礼品是企事业单位在经营或商务活动中为了提高或扩大知名度，提高产品的市场占有率，获取更高销售业绩和利润而特别采购的。作为礼品的产品，一般是带有品牌标志或企事业标志的具有某种特别含义的产品。它集新颖性、奇特性、工艺性和实用性于一体，针对性强，让目标消费者爱不释手。而且送礼是感情的投资，可缩短人与人之间的感情距离，便于人们的沟通、交流，达成共识，开创良好的商机。

同时，广告礼品也是一种宣传，合适的广告礼品能在客户的心目中建立起恒久而深刻的印象。广告礼品是近几年才被人们关注的热点概念，其产生的背景主要是当降价已经成为习惯的时候，各路商家挖空心思来寻找除“价格战”外的赢得市场的方

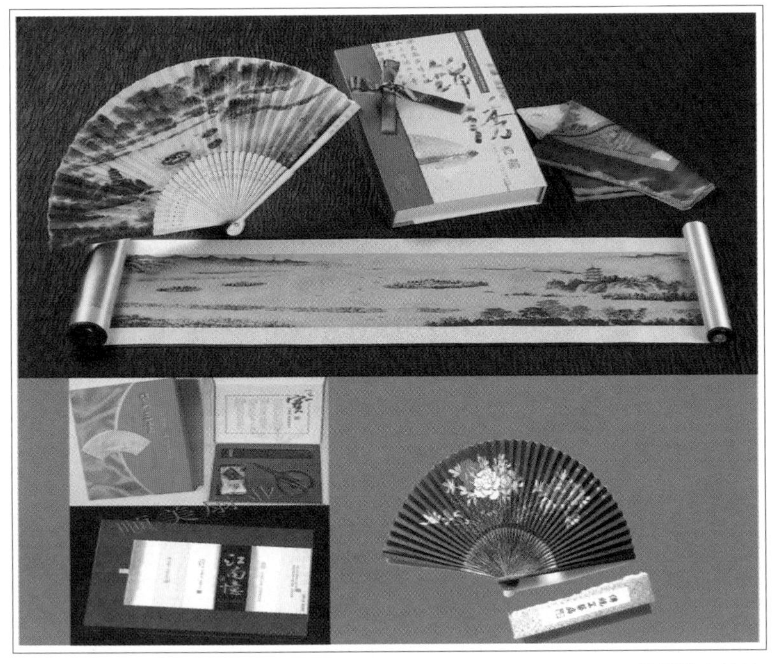

杭州特色礼品

法，于是利用一些“非典型”的促销手段去争取媒体的关注和消费者的目光。

特色礼品——城市的金名片

“上有天堂，下有苏杭”，作为“人间天堂”的杭州，历史文化悠久。在悠久的历史文化的洗礼下，杭州拥有着一批深具自己独特历史韵味的礼品，有驰名中外的杭州丝绸，亦有深具中国韵味的王星记扇子，还有体现东方之美的西湖绸伞……

广阔的大千世界给予我们启发，源远流长的历史等待我们挖掘。走在杭城街头，一段段繁华的记忆涌现在我们的面前，而记忆使得我们对杭城的特色礼品更加留恋。西子湖畔，雷峰塔下，看落霞残照，听南屏晚钟……这些都带给我们太多的美好记忆，而带上一份具有杭州历史文化的特色礼品，可以使得这份记忆更加浓烈。

礼品不在乎贵贱，在乎特色和文化品位，有行业特色和地域风味的礼品令人印象深刻，让人睹物思情。像浦江水晶制品、东阳木雕、青田石雕、捷克玻璃制品、法国工艺陶瓷、俄罗斯木雕等，每一种浓缩国内外城市文化特色的工艺品都能在礼品城里的相应位置一一定格。

越是传统的、具有浓郁民间乡土气息或者蕴涵历史故事的特色工艺制品，越能吸引国内天南海北的消费者和收藏家，同样也越能吸引世界各地游客和礼品商人的眼球。杭州因为有礼品城这样的高端市场、秀丽的湖光山色以及丰富的历史人文而塑造了城市的文化和艺术品质，而时尚的、休闲的、历史的元素更是在续写着新时代“人间天堂”的优美画卷。

（撰文：王晖军）

专业大洋家纺
旖旎窗上风光

——杭州大洋窗帘装饰有限公司

杭州自古被誉为“人间天堂”，随处即景，但凡在这里停驻的人，无一不算得是“诗意地栖居”了。而在现代人的生活词典中，热爱生活、享受生活已成为不变的主题。任何一个懂得生活的人均不会忽视家居环境。温馨、时尚、简约或富于情调，已经成为众多都市人对家居风格的不懈追求。无论是充满阳光的黄色，热情激烈的红色，还是冷静深沉的蓝色，表现生命力的绿色，都能令我们的居室缤纷多彩，独有趣味。而窗帘作为室内风格组合的一个重要元素，是凸显个性、柔化空间的最直接手段，在居室环境中起着画龙点睛的作用。选择良好的有品位的窗帘，便是居室装修一道不可忽视的工序、一门不得不懂的学问。杭州大洋窗帘就是这样一道风景线——它柔软可亲的特性，赋予居室新的感觉和色彩，或清新，或淡雅，或浪漫，或妩媚。春夏秋冬，四季更替，窗外的景致在变，家中窗帘的模样亦随之而变。在大洋窗帘的映托下，杭城人的窗庭内外，景色旖旎，风光无限……

公司概况

成立于1992年的杭州大洋窗帘装饰有限公司（以下简称大洋窗帘），一步一个脚印，如今已走过了近二十个春秋。它是一家集产品研发、销售、服务于一体的专业家居品牌企业，产品主要有窗帘、寝具、沙发等中高档家居和布艺产品系列。目前，在杭州共有7家直营店，在全国共有50余家连锁加盟店。大洋窗帘秉承“顾客至上、质量第一”的经营宗旨，经过多年的深耕细作，建立健全了完善的销售网络，以“优质、时尚、务实”的品牌特点赢得了广大消费者的认可与信赖，成为浙江省最具规模和发展潜力的专业销售、加工窗帘的家纺类连锁型企业。

大洋窗帘品种繁多，形式多样，以其前瞻的市场眼光，吸收东西方的文化精髓，糅合现代与古典美学，不断开发、设计出新的产品，以适应市场需求。大洋窗帘倡导“为生活而感动”的家居文化理念，追求个性、崇尚自由，理解每一个人对“家”与“窗”的渴望，在乎每一个人的家居感受。

大洋窗帘拥有一支高素质的管理团队，坚持高效、务实、严谨的工作作风和标准化的作业方式。通过打造“稳健、贴心、精细”的经营方式，强化企业由制度管理向文化管理转型。如今的大洋窗帘正在逐步朝着国内家纺行业先锋企业的方向迈进。

大洋窗帘精益求精的加工制造、完善的售后服务，为客户带来了信任和方便，是现代酒店、宾馆、餐厅、写字楼、居家环境窗帘布艺的理想选择。它先后承担并圆满完成了西湖国宾馆整

大洋家纺

体窗饰工程、西子宾馆整体窗饰工程、浙江省政府窗饰工程、浙江移动杭州分公司窗饰工程、萧山国际机场窗饰工程、柳莺宾馆窗饰工程等。

追求卓越的大洋窗帘屡获殊荣，于2004年、2006年两度被中国家纺协会授予“全国十佳布艺商场”称号，2008年获“全国五星级零售商场”称号。其专门设计的作品还多次在全国家居布艺设计展上获奖，如2005年在“华岭杯”全国家居窗饰设计大赛中获得金奖，2006年在“幸福家庭杯”布艺设计大赛中得到创意设计铜奖……大洋窗帘践行着“唯其专一，堪为专业”的企业理念，以全方位的产品点缀居家生活，以专业程度和高端品质博得了专业人士的推崇和消费者的广泛青睐。

发展现状

值得细述一下的是大洋窗帘目前的经营发展现状。

2007年8月11日，杭州大洋窗帘滨江旗舰店盛大开幕。它坐落于钱江南岸的滨江高新开发区，位于滨盛路与东信大道的黄金交接地段，周围楼盘众多，人气旺盛，交通便捷，地理位置十分优越。总营业面积近900平方米，整体风格大气明快，是滨江地区内最具规模的窗帘专营店。店内布局基本划分为进口馆、国产馆、真丝家纺馆和成品馆四块：进口馆汇集了来自欧美当下最流行的窗帘布艺，国产馆则完全代表目前国内的窗帘潮流，真丝馆以绿色环保的真丝面料吸引人的眼球，成品馆内则更是成品窗帘的天下。

“旗舰”代表着卓越。作为窗帘行业的引导者，大洋窗帘不仅想要带给消费者最舒适的家居享受，更想向社会大众诠释一种新的生活理念。它时尚简洁的店面装修，风格新颖的橱窗设计，立即吸引众多注视的目光，一统纵横前沿的时尚魅力。滨江旗舰店作为大洋窗帘的品牌形象展示店，各种窗饰产品齐全，出样精致，在结构上注重推广国际最新的流行元素，为懂生活的人提供了更多的选择。无论温馨浪漫、高贵华丽、乡村田园还是现代简约，都各自迎合了不同品味的消费需求。

随着市场的壮大和企业的扩张，大洋窗帘已在杭州陆续开设了8家直营店，它们分别是：城东商场（杭州市秋涛北路28号四季青面料市场3楼）、城西商场（杭州市古墩路808号新时代装饰广场B座3楼）、城南商场（杭州市萧山区市心中路世纪名家家居广场1楼）、滨江旗舰店（杭州市滨江区滨盛路之江公寓1楼）、余杭直营店（杭州市余杭区五常荆山湾88号杭州宏丰家

“禅意林”系列

具材料城4楼）、嘉兴商场（嘉兴市好一家家居购物广场9号楼2楼）、嘉兴直营二店（嘉兴市嘉禾北京城B2-89）、团购中心（杭州市杭海路265-1号）。

与此同时，大洋窗帘还充分认识到，商业企业的规模受地域的限制很大。如2002年时，杭州老城区人口有近200万，就窗帘行业来说，就算抢占再多的市场份额，总体的消费量还是不会快速增长。而发展特许经营店，就能通过加盟者使企业突破地域限制，实现业务呈几何级数增长——综观国内外大型服务型企业，像肯德基、沃尔玛，都是走加盟特许经营的道路。从另一方面来说，在窗帘行业，如果自己搞一家新企业是很难成功的：窗帘面料的更新速度快，进口品种半年就会有新花型上市，国产面料更是三个月就会更换，单店很容易造成积压，导致亏损。而大洋人认为，成功的特许经营不仅仅是卖布，更是品牌、管理、经营理念的输出。经过这么多年的发展，目前大洋窗帘已在国内各大中小城市拥有了超过50家的加盟连锁店。她洞穿了企业连锁经营的奥妙，抓住了企业发展的新增长点，在扩大自身经营范围和品种涉猎的同时，也为更多的加盟商和消费者提供了实实在在的利益，其品牌价值和市场影响力在全国范围内进一步得到了提升。

品牌优势

唯有品牌，方存远景。

2008年3月8日，全国“打造五星级家纺布艺零售商场”高峰论坛在深圳召开。与会的公司副总经理蒋斌全代表杭州大洋窗帘，向来自全国各地的家纺类企业的行业精英，细致阐述了大洋窗帘品牌发展的五大优势。可以说，这五大优势正是大洋窗帘在近20年的经营历程中对自身品牌价值的全面、客观的概括。

一是体系优势

大洋窗帘是全国最早采用零星订单标准化生产窗帘的企业，在业界最早实行全国加盟连锁“零库存”销售完整体系。从专卖店设计、装修指导、上样布展、服务培训、产品开发、品质管控到供给服务，全程有专业团队鼎力支持，并有专门的布艺订单系统帮助实现销售管理。专卖店实行“零库存”，实现了体系优势，加盟无忧。

“春色满园”系列

二是产品优势

2002年，大洋窗帘成为浙江省内唯一一个参加全球最大规模纺织品博览会——德国法兰克福国际布艺展的特邀企业，可见其紧跟世界潮流的产品意识。大洋窗帘为确保产品质量，每年从德国、土耳其、日本进口大量色织布、印花布，从德国、土耳其、西班牙、日本进口时尚窗纱，同时引进了荷兰、日本、韩国的各式卷帘以及国内几大品牌成品帘。为满足各类消费者对产品多样化的需求，企业还代理销售广东、浙江各大装饰布厂的产品。此外，自产的窗帘布种类繁多、质量上乘，始终保持着大洋的独特产品品位。

三是制作优势

大洋窗帘在窗帘制作上全部采用日本制作工艺及程序，选用进口辅料，质量上力求做到精益求精。其制作流程包括：审核订单→测量面料→裁剪→拼缝→纫无纺布→卷侧边→缝制商标→打褶→整烫中缝→插钩→定高→放铅坠→卷底边→定型加工→检验→窗帘成品→折叠装箱。这真可谓管理科学，工艺领先，步步讲求实效，道道追求精准。

四是服务优势

大洋窗帘拥有全国首家窗帘行业布艺订单系统。系统可根据窗帘尺寸自动算料、计算金额、生成各类报表，自动进行库存管理。算料精，计费准，从而提高服务质量和工作效率，也便于加强物料管理和财务管理。

五是价值观优势

大洋窗帘一直以来都有一个价值观，那就是为客户创造价值。其创造的产品必须是为社会所需要的，是人们追求的、美化生活的。一个为社会提供有价值的产品的企业，才谈得上有生命力。这个价值观是一体两面的：一是要为加盟商、为员工提供发展空间；一是让消费者得到最大的实惠，取得最满意的结果。

大洋窗帘作为一家窗帘零售企业，引进了最新的技术和工艺流程，弥合了生产商、批发商、零售商之间的缝隙，实现“三位一体”，为消费者全面打造优质的产品。精诚所至，金石为开，大洋窗帘牢牢把握住自身的优势，结合具体的市场状况审时度势，用理性和专业精神在窗帘家居行业开创了一片广阔天地。

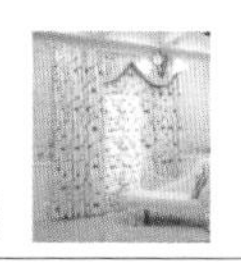

“后现代”系列

“黑白丛林”系列

专业精神

谈到专业精神，不得不提的是大洋“唯其专一，堪为专业”的企业理念，以及在这种理念下打造出的专业的产品品质、专业的消费指导和专业的服务支持。

大洋定位准确，主打专业产品

窗帘是家居中的重要元素，是一个消费层次分明的成熟市场。从经营者的角度来说，一家企业肯定要有自己的定位。大洋窗帘定位的消费群就是中、高档，其整个产品系列也是按照这个来设计的。基本上，大洋窗帘的产品大多是从欧洲进口的，价格自然也不菲。从面料和设计方面来说，进口的产品尤其在花型设计方面显示出其非凡的品质，游走在世界时尚前沿。可以说，几

“古典奢华”系列

乎所有的生活类产品，包括时装、家具、箱包，基本上设计源头都在几个老牌的欧洲国家，比如意大利、西班牙、法国。窗帘这个行业也是如此，顶级的花型肯定在欧洲，而不在日本、澳大利亚，甚至美国。大洋窗帘的产品基本上保持和国外同步。全球最大的家纺展每年1月份在德国法兰克福举办，大洋都会去采购，这样一来，四五月份就可以在国内上柜，使国内的消费者能够在第一时间领略到最前沿的布艺面料时尚设计。从服务、管理、工艺制作方面来说，大洋的每一款窗帘看上去很简单，其实都用了15道工序来完成，而且所有的辅料全都是进口的，此外，还引进了日本专业的具有记忆功能的整烫机，而国内一般的窗帘店铺只用柯桥的机器做做就可以了。大洋窗帘在面料设计、制作技术和工艺水准方面处于国内领先地位，其打造的产品在专业程度上也

“儿童乐园”系列

得到了消费者的支持和信赖。

随着市场细分和消费者品位的分化，市场上出现了像锦上添花、丽庭雅集这样一些个性窗帘店。它们的产品也很有特点，价格也具竞争力，是一股生力军。大洋明白，竞争是不可避免的，但它们之间的定位还是存在差异的：大洋的消费群一般以中年人为主，即所谓的成功人士；而像丽庭雅集，主要对年轻人特别是女性非常具有吸引力；锦上添花比较适合于白领，它的年龄层次比丽庭雅集还要高一些。“术业有专攻”，所谓竞争的实质和出路就是差异化经营。大洋窗帘深谙自身品牌定位准确，客户消费力呈上升趋势，于是更注重扩大差异化，大搞特色经营，进一步丰富产品品种，树立了企业在窗帘行业中的资深形象和旗舰地位。

窗帘家装的重要性不可否认，但它也是装修过程中最后一

“蓝色乡村”系列

道工序，处于一个比较尴尬的时间段，可能很多消费者都不会把窗帘当成重点，或者是到最后心有余而力不足，敷衍了事，草草选择一款窗帘算数。而近年来的窗帘市场也在发生一些变化：以前大多数人只有一套房子，但现在很多人都有好几套房子，对窗帘的要求开始下降。国外很多地方最方便、最便宜的窗帘就是成品窗帘，摆在超市和百货公司成件出售。大洋窗帘洞察到这是一个不可忽视的消费群体，于是也相应地在经营定位上作出调整。自2004年开始，大洋窗帘便顺应时需，陆续推出了统一采购、统一制作的成品窗帘，由于其价格适中亦广受欢迎。尽管如此，大洋窗帘的定位还是不变，它仍然立志要做行业中一流的品牌。而什么是一流的品牌？那就是一流的产品加一流的服务。

大洋顾客至上，专注消费需求

窗帘是居室的脸面，是家居换季最鲜明的符号。大洋窗帘始终紧紧围绕着消费者的各种需求，从挑选窗帘的样式、花色到计算布料的用量、花费，从产品的上门安装到售后清洗服务……都贯彻奉行“顾客至上，质量第一”的服务宗旨，让每次来过大洋的人乘兴而来，满载而归。

若你要装修豪华、堂皇的客厅，就来一款富有坠感的纱帘，透出贵气与情调；若你要装饰孩子睡房，就挑一款卡通布帘，体现儿童的纯真与童趣……

若你要一款被称之为“窗布伴侣”的窗纱，那就感受一下精美别致的“土耳其”、图案抽象的“德意志”、格调浪漫的“西班牙”、高雅而不失风范的“法兰西”……

假如窗帘是一道风景，它该有春夏；假如情绪如四季，它该有色彩的变化。秋天是一片金色，从街边梧桐到田间的滚滚麦浪，还有山脊那头夕阳边上的枫叶红，你总想把风景带回家。米色的面料上几片丹叶、几株云霞，那是你生活的印迹。斗转星移，帘动心牵，不变的是对生活的至真至情……

窗帘的搭配、设计不啻为一门学问。大洋窗帘为消费者选购产品提供了全面的知识和技术支持。比如，粗略来说，选购窗帘布可从面料、颜色、花型、质地四个方面选择。选择面料，一般常见的有印花布、染色布、色织布、提印花布四种类型；选择颜色，一般有冷暖、深浅之分；选择花型有大小之分，主要依据是房间大小；选择质地，有粗糙、细腻之分，主要根据装修风格加以甄选。

另外，窗纱、辅料、窗轨的选择也很重要。与窗布相伴的窗纱不仅给居室增添柔和、温馨、浪漫的氛围，而且具有采光柔和、透气通风的特性，可以调节心情，给人一种若隐若现的朦胧感。窗纱的面料，根据质地可分为涤丝、仿真丝、麻或混纺织物等，根据制作工艺可分为印花、绣花、提花等，基本以280厘米门幅为主。而窗轨是窗帘整体外观效果与经久耐用性的关键。窗轨的坚固程度、顺畅程度、噪音大小是判断窗轨好坏的主要标准，其质量决定窗帘的开合顺畅。高品质窗帘的加工制作流程需十几道工序，辅料的品质要求甚高且种类繁多，大洋窗帘一并为消费者提供了多种进口辅料的选择空间。

与此同时，大洋窗帘也注重对消费者进行窗帘搭配指导，例如窗帘与房间的色调、窗帘与家具风格、窗帘与季节、窗帘与房间、窗帘的使用与保养等等。无论顾客的需求是什么，大洋窗帘都能结合具体情况加以分析，一一满足。一个品牌的活力有多强，在于它在顾客心目中的地位，给顾客留下的印象。让顾客购买窗帘类产品时首先想到“大洋”，是大洋窗帘的长远目标，也

是大洋窗帘向所有顾客许下的郑重承诺。

"咖啡王子"系列

大洋立足客户，奉行优质服务

大洋窗帘始终坚持以客户满意为服务宗旨，坚持脚踏实地的作风，通过管理、支持、服务这三大机制，推动服务水平迈向新的高度。

为加盟商服务。大洋窗帘遵循的是一种连锁加盟专营店复制扩张的经销模式。有意向加盟的商家客户通过简便的方式了解合作事项，开业后继续接受大洋总部的监督和指导。大洋窗帘对分店提供市场分析支持、品牌支持、产品支持、设计支持、信息支持、技术支持、培训支持、物流支持、广告支持、营销策略支持、保护支持、营运指导、退货保障体系等等。

为消费者服务。除了帮助消费者进行窗帘导购之外，2007年3月初，大洋窗帘还成立了统一的售后服务中心，集配送、安装、维修于一体，提高了工作效率，方便了顾客，受到了广大消费者的一致好评。窗帘行业是一个半成品行业，对于一个半成品行业的销售来说，最重要的就是售后服务。从半成品到加工制作、整理、安装，以及日后的维修、清洗等，无一不是顾客关注的内容。售后服务中心可以统一调配安装、维修、清洗等各项服务措施，使各个环节更加有效、紧凑。在给顾客提供方便的同时，有效地减少了公司运作上繁冗的程序，提高了效率。

针对“洗窗帘难”的问题，大洋窗帘在业内率先推出了布艺窗帘清洗服务。相对于传统的洗衣行业，大洋窗帘售后服务中心拥有清洗窗帘的专业设备和操作人员，可提供更为专业的窗帘清洗、整烫、定型等一条龙服务。目前大洋窗帘的清洗中心不仅仅面对大洋的顾客，而已经对所有的顾客开放。不管是不是在大洋购买的窗帘，都可以到大洋清洗中心来清洗，感受一下大洋的优质服务。

大洋窗帘本着“顾客至上、质量第一”的服务宗旨，以热情的服务、良好的状态和迅捷的速度为客户提供高品质的产品和优良的服务，赢得了广大消费者的认可和信赖。

“简约时尚”系列

文化理念

“为生活而感动”——这是大洋所倡导的企业文化理念。拥有着纯实的人文情怀的大洋窗帘，凭着自己多年来对家纺和布艺的无限热爱，终于将蕴涵丰富文化内涵的家纺产品送到了千家万户。

美的东西总会受到欢迎，更何况老百姓的生活正在一天比一天变得更好。20世纪90年代初，尽管当年的杭城百姓还根本没有现代家庭的装修、美化意识，但喜欢挑战新事物、有着精准眼光的大洋人最终还是没能按捺住那颗蠢蠢欲动的心，满怀激情地开始了艰辛的创立之旅。

就这样，占地不到80平方米的大洋窗帘店终于开起来了。起初店面虽寒碜，但挂在店里的一款款风格迥异又不失简约风范的窗帘，却成了杭城一道小小的美景。凭借着独到的魅力，大洋窗帘开始慢慢吸引着爱美的顾客前来。就这样，你传我，我传他，大洋窗帘靠着一砖一瓦构筑起了良好的口碑，成了越来越多杭城人的窗上风景。

要在市场上站稳脚跟，靠的是优质的产品和诚信的服务。在越来越多的家纺企业出现后，大洋窗帘开始面临日趋激烈的竞争。大洋人再次拿出当初下海时的那股子韧劲，决定进一步在产品质量和诚信服务上下功夫。于是，他们先后到日本、德国、法国等有着先进家纺产品生产经验的国家“取经”，引进国际上一流的生产工艺和从设计到制作的一系列专业人才，推出从售前、售中到售后一条龙服务……有播种，必有收获。很快地，全国各地的订单开始像雪片一样纷至沓来，这家名不见经传的家纺企业从此迈出杭城大门，大洋也终于成了一个响当当的知名品牌。

中国市场真是太大了，中国的家纺行业潜力无限。近年来，大洋人更加认准了家纺这个行业，相继开发了床上用品和卫浴等系列产品。全国范围内的连锁和批发业务也越做越大，有声有色。鉴于中国的经济崛起，海内外市场急速扩大，迅速将产品打入国际市场，便成了大洋进军市场的下一个目标。

如今的大洋犹如一轮喷薄而出的朝阳，正让越来越多的人感受到其光彩绚烂的无限魅力。

就这样，杭州大洋窗帘以专业精神为内核，以细节艺术为表现，表里合一，融会贯通，深情感染着身边的每一个人。作为一种家庭软装饰，大洋窗帘在现代家纺装饰中走专业化道路，尊崇上乘品质，获得了市场的认可和消费者的肯定。其窗帘系列产品柔化了居室空间的线条，以其和谐的色调、柔和的质感、多变的图案营造了家居的温馨格调。在如今这个时代，讲究时尚格调的现代人不再只是对普通奢华的片面追求，而是更注重于对生活每一处细节的精心品味。大洋窗帘正是迎合了现代都市人对品质生活的期望，在这个观影如画的城市中，为越来越多的杭城人打造了临窗的另一道绚丽风景。

（撰文：陈　雯）

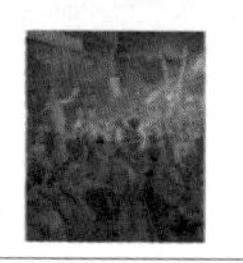

品味“悠然南山”
体验品质生活

——87区品质生活综合体验区

杭州，自古就被誉为“人间天堂”， 一年四季风景各异，魅力独具，丰沛的水系给了杭州恬静而婉约的气质，而西湖，正是这颗江南明珠最闪亮的一点。南山路和北山路，作为最临湖的两条路，像手臂一样把西湖环抱在其中：北山路，由于一面直面湖心，显得格外静谧、飘逸，就像一个出尘的隐士；南山路则不同，这条两边有着茂密法国梧桐的道路，恰似温柔浪漫的江南女子，但又有着北山路所没有的喧哗和热闹，路两边的潘天寿故居、西湖博物馆、中国美术学院、恒庐、南宋老城墙、广福里和荷花池头等，以及各类酒店、餐馆、咖啡馆、酒吧、茶馆、时尚饮品店……只有南山路这样的道路，才有这么大的包容性，能将人文与时尚、游湖与夜生活、用餐与泡吧、摇滚乐与JAZZ完美地结合在一起，让人流连忘返。

如今，南山路上又出现了一种新的业态模式——

87区品质生活综合体验区（以下简称87区）。它坐落于南山路87号，处于南山路最为热闹繁华的一段，其主体由7080餐厅、PARK1999酒吧和铭嘉艺术会所三栋建筑组成，三栋建筑呈“一”字形排开。它汇集了画廊、博物馆、美术馆、特色餐饮、酒吧、影楼、名车展示、商务会所、艺术会所等业态，人们可以在里面品茶、饮酒、泡吧、赏画、观景、休憩……由于与著名景点柳浪闻莺和西湖博物馆毗邻，西湖近在咫尺，坐在屋内，秀丽的景色扑面而来，87区将西湖的静谧与南山路的喧哗完美融合，展现出浓重的休闲人文气息，以舒适的环境、和谐的景观、合理的业态、雅致的文化体现出“悠然南山”的意境和构建品质生活的主题。

7080餐厅

伟人像、雷锋叔叔、小闹钟、收音机，还有搪瓷碗装的划划蛋……在最接近柳浪闻莺的7080庭院餐厅里，一切都是你儿时看过、玩过、吃过的。

餐厅与西湖的距离仅仅四五百步，在闹市中给人带来庭院深深的感觉。餐厅命名为“7080”有两层意义：一是代表“70后”、“80后”的客户群体，即餐厅客流主打中青年主流人群；二是正式营业后就餐一般消费控制在每人70—80元。这一经营理念就像每张餐桌上摆放的《70年代宣言》上写的一样：“一间朋友开的餐厅——有朋友的日子天天快乐。”7080餐厅想打造一个“朋友家厨房”的感觉：在这里，没有老板和顾客的概念，而是一种朋友之间串串门、喝两杯的感觉；在这里，或许端上来的一道菜，就是你朋友的杰作。

在7080餐厅的亚森林气候里，翻开“COFFEE OR TEA

苏维埃万岁（莫朴作），此画藏于杭州铭嘉艺术会所。莫朴（1915—1996），江苏南京人。曾任中国美术家协会常务理事、美协浙江分会主席，全国文联委员、浙江省文联副主席。擅长油画、木刻。作品有油画《清算》、《宣誓》、《南昌起义》等。

OR ME”的故事，开始一个人的下午茶休闲时光，迷恋这里的光线、空气、声音，忘记时间，忘记一切。

PARK1999酒吧

PARK1999打出了“杭州首家园林风格酒吧”的旗号，其经营口号是：“像喝茶那样喝酒。”这表明了经营者的一种态度，在他们的酒吧喝酒，可以有喝茶的优雅。

酒吧主体结构分为两层，楼上楼下经营，内容动静结合：一楼主吧延伸到户外，以流行音乐互动演出为主；二楼露台及户内空间以爵士拉丁音乐为主，红酒香槟为其特色，同时是高品位人士的私人聚会会所。酒吧白天以经营咖啡、西餐为主，酒水有各类啤酒、红酒，晚餐8点结束后自然过渡到酒吧经营。特别是酒吧主推的酒水是Grey Goose Vodka（灰雁伏特加），这种被誉为全球最佳品味的伏特加，在杭州却有些曲高和寡，在以喝芝华士为主的杭州市场主推这种酒，需要勇气，更需要搏击市场的信心。当大家举杯共饮加冰的Grey Goose Vodka时，才是对“像喝茶那样喝酒”的最好演绎。

杭州铭嘉艺术会所

会所是以经营现当代艺术名家及最有潜力的新秀艺术家作品为主导文化产业兼及推广展示、收藏、研究、编辑咨询等业务为一体的国内知名艺术机构。它坚持以学术促商业的经营理念，特聘国内著名专家学者为学术顾问，有针对性地对艺术品鉴赏收藏与艺术品市场发展方向进行深入研究，并着力推出画廊签约代理的有巨大市场潜力的中青年书画名家。目前，会所收藏有莫朴、潘天寿、黄永玉、程十发、沙孟海、冯远、周昌谷、舒同等大家书画作品。

（撰文：杨　凡）

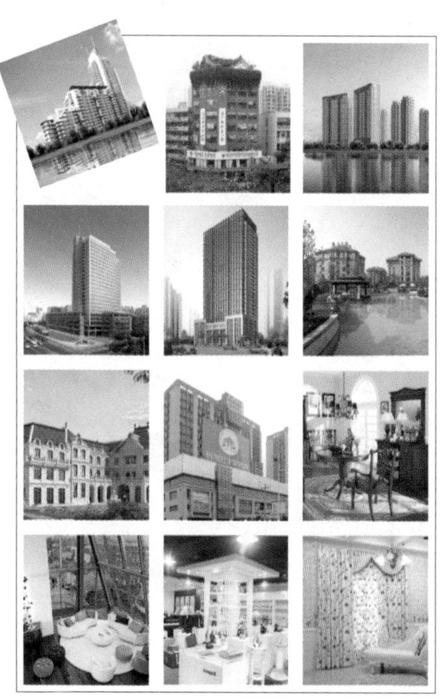

PIN SHENGHUO YOUFANGYOUSHI

杭州现代服务业

新锐品牌